AF495254

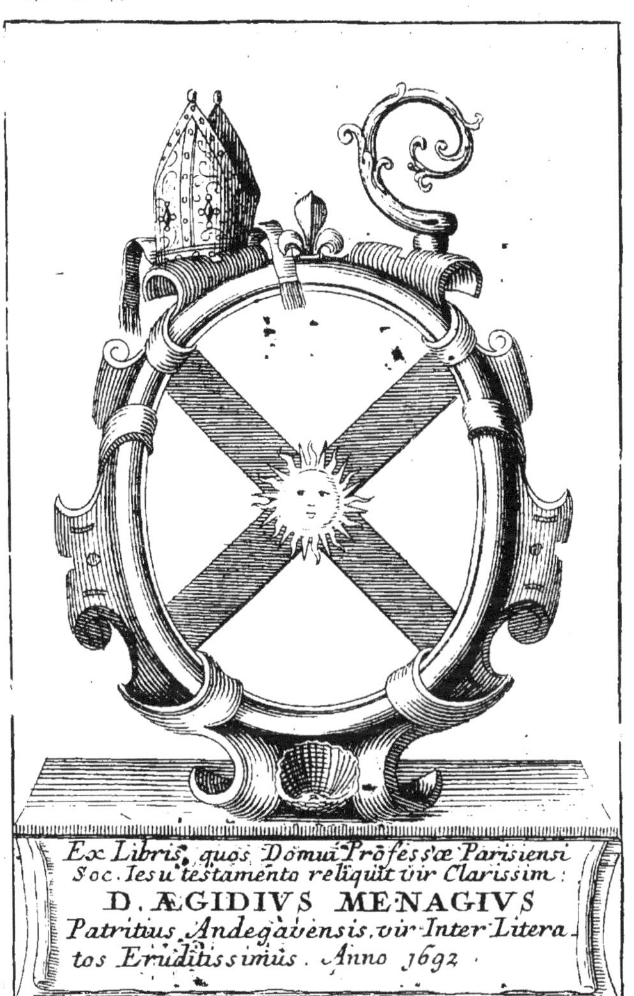
Ex Libris, quos Domui Professæ Parisiensi
Soc. Iesu testamento reliquit vir Clarissim.
D. ÆGIDIVS MENAGIVS
Patritius Andegavensis, vir Inter Litera
tos Eruditissimus. Anno 1692.

Discordes sociauit amor
LA
CONSOLÉE
EPITHALAME
Pour les nopces du
chrestien LOVYS XIII
Roy de France et de Navarre
et
d'Anne d'Austriche
Infante d'Espagne
C. de Pas iunior fecit
A PARIS Chez IEAN PETIT PAS rue St Iacqus à l'Escu de Venise.

A TRES-HAVT

ET PVISSANT PRINCE, HENRY DE SAVOYE, DVC DE GENEVOIS, NEMOVRS, CHARtres, & Aumalle, COMTE de Genéue & de Gisors. MARQVIS de Sainct Sorlin, & de Sainct Rambert, BARON de Foussigny, Beaufort, Bray sur Seine, &c.

MONSEIGNEVR,

Voicy l'enfant, que iusques icy i'auois eu honte d'auouër à d'autres qu'à mes amis, comme ne l'ayant iamais tenu qu'en qualité de bastard, & engendré de mon esprit dans la liberté de ma fantaiſie, & contre les lois du pays. Ie n'auois pas eſtimé qu'il me falluſt auoir d'autres mouuements pour luy, que les autres peres pour des enfans de pareille condition, leſquels on a couſtume de renfermer dedans le cloiſtre; & en effect ie l'auois voüé à la ſolitude, que ie deſirois luy faire garder, comme il a faict quelque temps, en vn coin de mon cabinet, à fin de cacher, autant qu'il me ſeroit poſſible, mes vices au public. Mais puis que par vn commandement abſolu vous m'auez forcé, non ſeulement à le faire du monde, mais à luy donner encores mon nom, i'ay creu que, pour luy faciliter le moyen d'y viure en quelque honneur, i'eſtois obligé du moins à le faire legitimer, à fin que ſes enuieux, ſi tant eſt qu'il puiſſe eſtre ſi heureux que d'en auoir, n'ayent vn iour à luy reprocher ce defaut de Nature, s'en trouuant aſſez d'autres en luy pour leſquels il ſera peut eſtre aſſez empeſché de ſe deffendre, ſans que l'irregularité de ſa conception, que l'on ne doit imputer qu'à ſon pere, luy face en-

cores baiſſer la veuë. C'eſt donc à vous, MONSEIGNEVR, *que ie m'adreſſe, pour obtenir ce benefice de Prince, c'eſt de voſtre Seau qu'il faut que les lettres en ſoyent emanées, pour emporter auec ſoy l'enterinement des peuples, car ſi vous iugez qu'il le merite, perſonne n'y a plus que voir, & voſtre teſmoignage luy vaut vne douzaine de iuſſions, puis qu'ainſi eſt que vous eſtes recognu par toute l'Europe, non ſeulement pour auoir l'eſprit de tous les bons Princes qui furent iamais, mais pour eſtre encores le Prince de tous les bons eſprits du temps. Or ie m'aſſeure que comme tel vous ne luy deſnierez en public, puis que vous deſirez qu'il y paroiſſe, l'honneur que vous luy auez faict en particulier de l'approuuer. Cependant parce qu'il luy faut vn Parrain, pour le preſenter à celuy qui luy doit donner le charactere de François, & luy conferer cette grace ſans laquelle il ne peut faire ſon ſalut, ie vous ay choiſy,* MONSEIGNEVR, *pour luy rendre ce bon office : à fin que iouïſſant en cela des* prerogatiues, qui ne luy peuuent manquer par le ministere de vostre main, il tienne tout de vous; & qu'estant vostre creature vous soyez obligé de luy conseruer ce qu'il aura le bon-heur d'auoir acquis par vostre moyen. Car encores que par la generosité du zele, & importance du subject qui l'ont faict naistre, ie me deusse promettre de sa Royale bonté la mesme faueur que ie recherche par vostre entremise, comme ne m'y estant proposé autre dessein que le bien de sa gloire & de son seruice : neantmoins i'ay creu que vous en rendant le mediateur, i'y aurois plus d'auantage, & que la façon de me la departir luy sera plus chere par vostre recommandation, que par son interest; puis que le rang, qu'il vous donne pres de luy pour raison de vostre merite, luy est en plus haute consideration, que celuy mesme qu'il vous doit pour raison de vostre naissance. Et de cette obligation, MONSEIGNEVR, comme des autres que ie vous ay, d'autant que l'inegalité de nos conditions nous exclud reciproquement, vous du besoin, moy des *moyens de m'en pouuoir reuancher, ie ne vous en puis asseurer autre recompense, que celle que l'on reserue particulierement à la Diuinité pour la satisfaction des biens-faicts qu'on en reçoit, qui n'est en effect que l'Action de graces, c'est à dire le ressentiment serieux d'vne ame recognoissante, tel que celuy qui m'oblige desia si estroitement à suiure l'inclination que i'ay, de viure & mourir*

MONSEIGNEVR,

Vostre tres-humble & tres-obeïssant seruiteur.

FAVEREAV.

AV ROY.

IRE,

Pendant que par le trenchant de voſtre eſpée vous alliez moiſſonnant ſur vos ſubjets rebelles, les palmes & lauriers, deſquels ſeuls on peut dire qu'eſt composée la couronne que vous portez, ie taſchois par celuy de ma plume d'acquerir des victoires à voſtre France au deſaduantage de l'eſtranger, & de faire que la langue de vos peuples peuſt deſormais triomfer de celle de vos Voysins, aussi bien que vous de leurs armes : à fin que, comme iusques icy vous ne leur deuez rien de ce qui a seruy au restablissement de vostre Estat, vous n'ayez non plus que faire de leur eloquence pour la publication de vostre gloire, & que la langue que vous parlez ait l'honneur de se dire doresnauant la plus capable de raconter ce que vous faictes. Ce nous est vne honte d'auoir esté cy-deuant mendier dela les monts la delicatesse du style, & la fecondité des esprits, que nous auons quelque temps admiré parmy nous, soit que nous facions vne estime plus aduantageuse des choses qui nous viennent de dehors, que de celles de nostre creu, soit que nous desfiants de nos forces nous n'ayons encore point voulu en venir aux prises auec eux; comme si degenerants en quelque façon de ces vieux Gaulois, qui estoient aussi bons orateurs que soldats, nous n'eussions herité d'eux que la seule vaillance, laiſſant aux autres la gloire de bien eſcrire ce que nous ſçauons bien faire. Mais quant à moy, SIRE, qui n'ay iamais penſé que noſtre langue deuſt ceder à celle d'aucune autre nation, non plus que nos courages, i'ay touſiours deſiré d'en venir aux eſpreuues: & comme vous meſmes nous auez teſmoigné la verité de l'vn en voſtre perſonne parmy toutes les occaſions de ceſte derniere guerre, auſſi ay-ie taſché de mon coſté dans le peu de loiſir que i'ay peu deſrober au ſeruice de voſtre Majeſté, & aux affaires de la charge dont il vous a pleu m'honorer, de faire vn eſſay de l'autre; afin qu'on voye que ç'ait eſté ſous voſtre reigne, qu'on a commancé de faire perdre à nos ennemis l'opinion qu'ils auoient, que nous feuſſions decheus des auantages que la Nature de tout temps nous a donné ſur eux. Voyla, SIRE, le zele qui m'a porté à ſacrifier au public les premices de ma plume, comme vne victime que i'immole aux iniures du peuple & de l'enuie, compaignes ordinaires & sinistres interpretes des bonnes actions. En quoy vous iugerez que ce n'est point tant pour en tirer de la gloire,que pour encourager & conuier vne infinité de bons esprits de vostre Royaume, qui s'en acquitteront mieux que moy, de se mettre en ceste lice, où il n'y a que de l'honneur à gaigner pour eux. Et tout ainsi que vous auez commencé vos trofées par la reduction,où pour mieux dire, par la nouuelle conqueste de la plus belliqueuse nation du monde, qui sont vos subjects, aussi à vostre exemple ayie voulu de primabord lier la partie & engager au combat nostre langue auec celle, qui peut luy contester plus puissamment ses anciens droicts de preeminence, qui est l'Italienne. Car comme ainsi soit que ceste langue ait vniuersellement la reputation d'estre & la plus feconde & la plus souple pour exprimer les eslans & mouuements de la Poësie, dont la premiere fonction eſt de bien repreſenter toutes les choſes naturelles, & l'autre de parfournir plainement toutes les conceptions de l'eſprit, & qu'entre tous les autheurs Italiens il n'y en ait point qui ſe ſoit mieux acquitté de ces deux parties, que le Caualier Marin en diuers endroicts, i'ay choiſi de toutes ſes œuures la piece qui m'a ſemblé la plus florie, c'eſt à dire la plus riche de belles deſcriptions, & d'ailleurs la mieux ordonnée, comme celle en laquelle s'eſtant à mon aduis plus heureuſement ioüé de ſon eſprit, il s'eſt eſtudié de faire paroiſtre la force de cette langue en ſon plus beau iour. C'eſt l'Epithalame qu'il fit ſur l'heureux mariage de voſtre Majeſté. Piece, qui outre la dignité de ſon ſubject, m'a tellement pleu que ie puis dire d'elle, comme ceſt autre de la victoire de Marathon, qu'elle ne m'a point laiſſé dormir, iuſques à ce que ie l'aye de beaucoup encherie ſur luy. Non pas que ie le veuille choquer par moy-mesme, ny que pour cela ie m'estime approcher de bien loin du merite de ce grand personnage, que vostre Majesté a iugé digne son seruice & de ses liberalitez, mais ie l'ay vestu à la Françoise, pour faire voir seulement combien cest habit est plus auantageux & donne plus de grace à vn beau corps, que celuy de son pays, & que par la conference des traicts & des periodes on peust mieux iuger de la difference & des naïuetez de l'vne & de l'autre langue. Ie ne mets point icy en ligne de compte la contrainte qui nous gesne, toutesfois & quantes que nous voulons nous attacher, comme i'ay faict, à ne perdre pas vne seule lettre du subject que nous entreprenons : non plus que celle de la rime, dont ie l'ay voulu renuier, que chacun sçait (de la façon qu'on la desire en ces derniers temps) estre le plus grand obstacle que nous ayons, soit aux plus belles saillies de nostre esprit, soit aux meilleurs termes de nostre eloquence, qu'elle tient, si ainsi faut dire, comme en brassieres, & luy empesche d'auoir ses coudées franches sur le papier. Quant à la structure du vers, non encores pratiquée par aucun des nostres, & dont les Italiens attribuent la bienseance au seul genie de leur langue, priuatiuement à toutes les autres, c'est en quoy ie leur ay voulu monstrer que trop auantageusement ils se flattent, & que la nostre, pourueu qu'elle rencontre des esprits qui facent valoir son talent, se trouuera d'autant plus capable de toutes les beautez & enrichissements de la poësie, qu'elle a de charmes & de douceurs, dont le ciel la particulierement auantagée; comme il me seroit aisé de prouuer, si passant les bornes d'vne epistre pour en venir au panegyrique, ie ne craignois d'ennuier vostre Majesté. Mais par ce que la nouueauté de leur cadence ne plaira pas à tout le monde, & qu'il se rencontrera prou de gens, qui ne trouuant bon que ce qu'ils font, tascheront de les descrier, ils se viennent ietter entre vos bras, SIRE, pour se mettre à couuert sous vostre protection, qu'ils implorent comme vn azyle contre les calomnies du temps. Ce que vostre Majesté ne leur peut valablement desnier, puis qu'ils n'ont esté inuentéz qu'à fin de chanter ses loüanges, & d'accroistre l'honneur des Pays à qui elle commande; qui me seront tousiours deux poignants aiguillons, pour m'exciter à mieux faire quand ie sçauray qu'elle en approuuera le dessein, luy protestant, SIRE, que iamais ie ne me lasseray ny de l'vn ny de l'autre, pour m'acquiter enuers elle du deuoir

De son tres-humble seruiteur
& fidelle subiect.

FAVEREAV.

LETTRE AV SIEVR DE MALHERBE, POVR SERVIR D'ADVERTISSEment au Lecteur, ſur la nouuelle ſorte de Vers, dont ce Poëme eſt compoſé.

MONSIEVR,

Puis que vous eſtes l'vn de ceux, qui en ces derniers temps ont le plus dextrement manié noſtre Poëſie Françoiſe, voire celuy, au iugement de l'Enuie meſmes, qui l'auez miſe au plus haut point où elle ſe voit apreſent, ce n'eſt pas ſans raiſon, que la voix publique, & le nom que vos œuures vous y ont acquis, vous attribuent vne iuriſdiction ſouuerai-

ē

ne ſur tous ceux qui s'y adonnent, pour en ordonner les loix, & y faire obſeruer la diſcipline, que l'Art & la Raiſon vous dictent; Mais qu'à voſtre exemple, ou pluſtoſt à voſtre preiudice, vne infinité de gens, que les Muſes chaſſent du mont Pimplée, comme dit le Poëte, à coups de fourche, ſe licentient, ſous ombre de quelque proſe qu'ils ont rimée, de trancher des Muſagetes, & d'eſtablir ſans aucun fondement des maximes & des regles pour donner la loy à tout le reſte de la France, c'eſt vn abus qu'il faut donner à la corruption du Siecle. Pour moy qui ne viens icy paroiſtre que par rencontre, & au plus loin de mon premier deſſein, ie n'eſtimerois pas meriter le ſuffrage de voſtre approbation, ſi ie ne receuois d'eux quelque coup de bec. Et neantmoins parce que la piece eſt heteroclite, & que vous n'en pouuez pas deuiner les raiſons, i'ay penſé qu'il eſtoit neceſſaire de vous en faire le diſcours, & vous repreſenter naïuement comme les choſes ſe ſont paſſées, afin que ſur la particularité des circonſtances vous en fa-

ciez vous mesmes le iugement. Ie vous diray donc que lors que ie commençay cest ouurage, ce n'estoit pas en intention de l'acheuer, & moins de le donner au public, mais seulement de faire vn essay de quelques periodes, pour voir si nostre langue se trouueroit capable de cette sorte de vers particuliere aux Italiens, qu'ils appellent Sciolti, c'est à dire Libres, & desquels ie voy que les plus estimez & delicats de leurs Poëtes se sont voulu seruir pour exprimer leurs pensées, m'imaginant que nostre Poësie, qui en toutes les autres rencontres me semble plus auantageuse que la leur, soit pour la façon du vers, soit pour la forme des Poëmes, ne luy cederoit non plus en celle-cy. Mais comme l'appetit vient en mangeant, si tost que i'en eus essayé, ie confesse que i'y pris goust, & de cinq ou six tirades qui m'estoient assez legerement eschappées, ie m'embarquay insensiblement à la poursuite d'vn plus long dessein; si bien que de iour à autre m'y voyant de plus en plus engagé, ie m'opiniastray finalement à pousser iusques au bout, mais en *me donnant carriere par-cy par-là, & y adioustant du mien, autant que ie iugeois qu'il en falloit pour me donner quelque droit en la proprieté, afin que ce labeur ne me fust tout a fait ingrat. Ayant donc en cela satisfaict à peu pres à ma curiosité, ie m'estois resolu d'en demeurer là, & n'en faisois estat que comme d'vne piece que moy-mesmes i'auois condamnée pour les fautes que peu à peu i'y ay reconnuës, & dont ie me suis auisé trop tard. Mais comme il m'est impossible de rien cacher à mes amis, voire de mes defauts, il est arriué que leur ayant communiqué cette piece, & apres en auoir conferé plusieurs fois dans le cabinet auec eux, mesmes des-approuué le conseil de ceux d'entre-eux qui m'exhortoient à la faire imprimer, en fin Monseigneur le Duc de Nemours, qui me fait l'honneur de m'affectionner, voulut vn iour que ie luy promisse absolument vne chose qu'il me demanderoit, ce que ie luy accorday indefiniment, & sa demande aboutit à l'impression de mon epithalame, de sorte qu'honneste-*

ment & ſans me rendre indigne des faueurs de ſon amitié ie ne peùs m'en deſdire ; & les loix du deuoir faiſant en cela ceſſer celles de ma reſolution , il a depuis fallu que i'aye franchy le pas , & que ie l'aye , comme vous voyez , exposé en public : C'eſt à dire , que ie me ſois preparé à receuoir , comme ce peintre , le iugement & contrerolle de tous ceux qui en auront la veuë. Car en vn ſiecle comme celuy-cy , où l'on ne vit que par exemple , & qui me ſemble autant où plus chatoüilleux pour les eſcriuains , que celuy ſous lequel on eſtoit obligé de ſe preſenter la corde au col , lors qu'on vouloit propoſer de nouuelles loix , ie m'imagine que voulant introduire parmy nos Poëtes vne nouuelle façon d'eſcrire , ie ſeray non ſeulement reietté , mais condamné ſelon la ſeuerité de leurs Regles , leſquelles la plus part du temps ils n'employent qu'a des bagatelles. Comme quand ils diſent que le mot de Face eſt ridicule dans vn vers à cauſe du ſens que le vulgaire luy donne en ce prouerbe commun de la face du grand Turc ; qu'il ne faut point vser du mot de fraise, parce que cela fait souuenir de la fraise d'vn veau; non plus que de poitrine, à cause que l'on dit vne poitrine de mouton; Que les mots de soulas, ost, pourpris, chef, &c. sont trop vieux; & mille autres vetilles, où ils s'amusent à espinocher & pointiller sur les syllabes & parolles, au lieu de s'attacher à la substance des choses: si bien qu'auiourd'huy pour faire des vers à la mode, c'est à dire pour auoir l'approbation d'eux, la chose du monde dont il se faut le plus donner de garde, c'est d'estre Poëte. Ie sçay bien que si ie n'auois à paroistre que deuant vous, ie n'aurois pas subject d'en apprehender l'euenement autre que celuy qu'on se doit promettre de l'Equité, car ie m'asseure que vous me pardonneriez bien quelque vieux mot François, ou quelque nom propre de l'ancienne fable, Grec, ou Latin, dont Ronsard auroit vsé, & ne vous arresteriez à vne syllabe mal soustenuë au milieu d'vn vers (quoy que d'ailleurs i'y sois assez religieux) pour iuger de l'œuure par des considerations plus essentielles & importantes aux Poëmes. Mais parce que ie ne puis euiter la censure de tout plein d'autres, qui en seront peut estre les iuges & les parties, i'ay creu que recognoissant de bonne foy ce qu'on y peut arguer de manque, ie donnerois moins de prise à ceux qui m'en voudront blasmer, & plus d'intelligence à quiconque se payera de raison. Ie confesse donc que l'inegalité des Vers qui se rencontre dans les cinq ou six premieres pages, est capable de degouster d'abord ceux qui sçauent les loix du mestier; mais si lon se veut donner la peine d'en examiner le particulier, ie me fais fort que sur mon certificat elles pourront passer à la monstre, n'y ayant celuy qui en pareil cas ne fust tombé dans le mesme inconuenient. Car s'il vous plaist de considerer que lors, que la fantaisie me prit de tenter ce dessein, ie n'auois ny modelle ny preceptes sur lesquels ie me peusse former vn pied pour establir cette nouuelle sorte de Poësie parmy nous, & vous sçauez qu'en ceste Art, plus qu'en toute autre, la maxime est tres-veritable que, les commencements ne *peuuent estre parfaicts. Tesmoin ce que nous en voyons en toutes les langues par la conference des siecles & des autheurs, dans lesquels nous ne remarquons aucun genre de Vers s'estre poly que peu à peu, & à mesure que la lime du temps y a passé. Ie croy qu'il en sera de mesme de ceux-cy, & moy-mesmes l'ay esprouué en si peu de trauail que i'y ay employé : Car des le commencement i'estois en doute, si ie me conformerois en tout & par tout aux Italiens, tant pour la dispense de la Rime, que pour la mesure de chasque Vers. La premiere question ne me donna pas beaucoup de peine à resoudre, parce que la rime en nostre langue me semblant estre l'ame du vers, ie creus qu'il n'y auroit point d'apparence de l'en priuer, & tous ceux qui l'ont voulu cy-deuant entreprendre, n'y ont iamais reüssy; c'est pourquoy i'estimay qu'elle y estoit absolument necessaire, aussi bien que le changement & entrelas perpetuel des masculins auec les feminins, qui est l'vn des auantages que nostre Poesie à par-dessus toutes les autres, & sans le-*

quel neantmoins elle paroiſtroit tout-a-fait goffe, bourrue, & mal-plaiſante. Mais pour l'autre point concernant la Meſure, ce fut où ie me trouuay le plus empeſché, d'autant que les vers dont vſent les Italiens en cette matiere eſtant ſeulement de deux ſortes, ſçauoir les grands de dix ſyllabes, qui reſpondent à nos Heroïques, & les petits de ſix, qui ne reuiennent qu'a la moitié d'vn Alexandrin, ie ne trouuois pas que le meſlange qu'on en peuſt faire fourniſt & rempliſt ſuffiſamment la cadence qui eſt requiſe en toutes les cloſes de la periode: Car la prononciation de ces petits, qui en doiuent ordinairement faire le corps, eſtant ſi bruſque & courte, comme vous ſçauez, & ne pouuant ſouffrir ce temps ou balancement par le milieu, qui ſe rencontre en ceux de ſept & de huict ſyllabes, tombe trop plat, & fait perdre principalement ſur la fin toute la grace de la Meſure, laquelle ne conſiſte qu'en ie ne ſçay qu'elle proportion & iuſteſſe de mouuements, où le ſens de l'Ouye, qui en eſt le ſeul Iuge, inſenſiblement acquieſce. Ne pouuant doncques trouuer mon compte ſur le leur, i'eſtimay qu'il valoit mieux s'accommoder à la naïueté de noſtre langue, & aux eſlans de ma periode, que de me reſſerrer dans les eſtroites regles de l'imitation, en me geſnant & captiuant par ce moyen ſous des loix eſtrangeres, auec leſquelles noſtre Genie ne peut compatir. Et ſur ce pied, parce que pour conſtituer vn Poëme de cette nature il falloit que les vers en fuſſent libres, ie creus que ie m'en pourrois ſeruir indifferemment de toutes ſortes, ſelon que l'occaſion de la cadence & du ſubject le deſireroient. Qui eſt la façon dont au commencement ie me ſuis gouuerné ſans autre conſideration que de la rime, car vous y en trouuerez de trois, de quatre, de cinq, de ſix, de ſept, & de huict ſyllabes, auec leurs feminins, outre les Heroïques & Alexandrins, qui ſans doute y ſont neceſſaires, ſoit pour en diuerſifier les figures & paſſages à fin qu'ils en tiennent plus de l'Epique, ſoit pour y marquer les poſes, à fin de reprendre haleine. Mais comme i'en eus eſſayé de quelques fueillets, & que cette maniere d'escrire se fut renduë plus familiere à ma plume, ie commençay lors à recognoistre, que le champ que ie prenois estoit trop vague, & que cette liberté seroit susceptible & donneroit lieu à trop de caprices, si par l'establissement de quelque loy on ne la limitoit de certaines bornes, au dedans desquelles seulement il fust loysible de s'esgayer : si bien que peu à peu ie songeay de là en auant à me restraindre, comme vous pourrez remarquer en quelques boutades à la suite ; iusques à ce qu'en fin apres en auoir auec plus de scrupule balancé tous les airs l'vn apres l'autre, ie me suis reduit à celuy qui m'a semblé le plus conuenable, & ne m'en suis depuis aucunement departy, continuant comme vous verrez iusques à la fin. Qui est la forme, que i'ay voulu donner comme la plus naturelle à ce nouueau genre de Poëme, & d'ailleurs assez reguliere : Car pour l'ordinaire, c'est à dire pour le gros de la periode, ie n'vse en tout que d'vne sorte de vers, sçauoir de ceux de sept syllabes, aufquels ie baille diuerſement tantoſt l'Heroïque, tantoſt l'Alexandrin, pour les raiſons cy deſſus ; & y employe de fois à autre, mais rarement & de loing à loing, noſtre Safique, qui eſt celuy de trois, à fin d'en rendre quelquesfois la prononciation plus pathetique ; outre que cette rencontre bien meſnagée donne à la cadence vne merueilleuſement bonne grace. Ie ſuis marry que le commencement ne va du meſme air, mais n'ayant iamais eu deſſein d'en faire monſtre, comme ie fais apreſent, ie ne me ſuis pas beaucoup ſoucié de reformer la piece & la ramener à ce point là, pendant que i'en ay eu le loiſir : Auſſi que ie ne ſuis pas d'humeur à me ronger les doigts apres coup d'vne ſyllabe plus ou moins en vn vers, & vous ſçauez qu'il eſt plus aiſé, quand on eſt en train, d'en faire vne douzaine de quelque meſure que ce puiſſe eſtre, que d'en rhabiller apres vne couple : Tant y a que depuis que ie m'y ſuis faict vne loy, l'on ne ſçauroit dire que ie m'en ſois diſpensé, & l'ay touſiours religieuſement gardée. Si ceux qui en auront la lecture trouuent que ce genre de Poesie merite d'estre cultiué, ie seray bien aise, comme toutes choses se polissent à la longue, qu'ils adioustent à mon inuention, & que par l'industrie de tant de bons esprits, qui en sont mille fois plus capables que moy, on y puisse encor apporter, si faire se peut, vne meilleure forme, à fin que quelque iour nous puissions arracher le laurier aux Italiens, & faisant paroistre l'excellence & dignité de nostre langue pardessus la leur, nous taschions de restablir & remettre sus nostre Poesie, qui s'en va perdüe par la trahison & nonchalance de ceux és mains desquels elle est apresent. Poesie, qui n'eut iamais plus d'auantage ny de moyens pour se rehausser, qu'en ce Temps-cy, où toutes les langues, les arts, & les sciences ayant esté rafinées, les esprits se sont de mesme subtilisez, n'estoit que ceux qui s'en meslent, laissant le corps, comme ce chien d'Esope, pour courir à l'ombre, se laissent emporter & corrompre à l'exemple, ou plustost à l'enuy les vns des autres, par les faux appasts de ceste gloire, qu'ils re-

cherchent dans la Cour, de se faire entendre à tout le monde, & d'affecter l'approbation aussi bien des ignorants comme des habiles, qui sont deux choses incompatibles, à cause de la disproportion qu'il y a de la portée de ceux-cy auec ceux-là. Comme si Rubens faisant vn tableau d'importance vouloit s'accommoder à l'esprit du Sauetier au delà de ce qui regarde la pantouffle. Et la poësie n'est pas vne viande à tout le monde, en sorte qu'il faille la rendre fade, pour l'assaisonner au goust de ceux qui n'ont point le palais assez delicat pour la sauourer. Car qu'y a-t'il de plus aisé, que de rauir en admiration l'esprit d'vne femme, ou d'vn homme sans lettres (qui est le but où ils visent tous) par l'assemblage de quelques mots choysis dedans l'entregent & politesse du temps, dont-ils agencent leurs periodes, & ferment leurs couplets, le plus souuent auec la pointe de quelque antithese qui frappe l'oreille, ou de quelque autre conception qui donne dans la veüe à ceux qui ne s'y attendent pas? Pour à quoy paruenir il faut necessairement qu'ils y assuiettissent tous les autres vers du Couplet, afin de faire quadrer leurs pointes, en sorte qu'il n'y a par ce moyen aucune suite ny connexité des vns aux autres, & chasques subjects de Stance estant recherchez de loin pour les approprier à des conceptions toutes differentes, ont si peu de dependance & de rapport ensemble, que ce ne sont en effect que pieces destachées, qui souffrent, sans gaster le sens, de l'augmentation ou du retranchement, selon l'abondance ou sterilité d'esprit de ceux qui les font; chasque couplet se pouuant passer aussi bien de celuy qui le precede, que de celuy qui vient apres. Voyla ce qu'ils appellent Stances. Inuention certes de ceux, qui ne se sentants pas assez forts d'esquine, ny d'haleine, pour fournir la carriere d'vn Poeme entier, s'amusent ainsi à faire courbettes pour plaire aux Dames, & attirer à soy les yeux des ignorants. Et neantmoins c'est auiourd'huy ce qui leur donne la couronne de laurier, par le moyen de laquelle ils veulent exercer non seulement vne royauté, mais vne tyrannie si insuppor-

table, qu'ils ne ſe contentent pas de deſcrier publiquement Homere, Virgile, Arioſte, Taſſe, Ronſard & autres grands perſonnages de l'Antiquité, mais ſi quelqu'vn pour s'accommoder au ſiecle veut les imiter en ce genre d'eſcrire, & que pour releuer ſon ſubiect il y veuille gliſſer quelque trait de doctrine ou de ſcience, ils ne manqueront pas, par ie ne ſçay quelle caballe, qui eſt entre eux, en toutes les compagnies où ils ſe trouueront de le drapper & ſiffler comme vn impertinent. Par le moyen dequoy ils ſe ſont acquis vne telle auctorité dans la Cour, où ils ont eſtably leur fort, qu'il ſemble que perſonne ne ſe doiue plus meſler de la Poeſie, que ceux qui voudront ſacrifier à leurs Graces, & ſe conformer en tout & par tout à leurs regles : Si bien qu'vne infinité de bons eſprits, qui ſeroient capables de la traicter comme il faut, & de luy redonner ſon ancien luſtre, ſont contraints par ce moyen de ceder au Temps & de quitter tout. Quant à moy qui n'en fis onques profeſſion, & qui n'y ay iamais employé que quelqu'vne de mes

heures

heures perdües, i'ay tousiours deploré cette misere, & conuie ceux, desquels i'ay veu l'inclination disposée à quelque chose de plus grand, de reprendre les erres de nos anciens: Car tant que nous nous amuserons à ces pointes & à nos Stances, qui ne sont en effect qu'vne suite d'Epigrames entées les vnes sur les autres, d'autant nous esloignerons nous du vray & parfaict Poëme, qui doit estre comme vn bastiment plein de dessein, ou pour mieux dire, vn ouurage composé de plusieurs pieces, dont l'Inuention & l'Allegorie sont l'ame, & la Narration Description & autres parties essentielles le corps. Lesquelles si vous bannissez entierement de vos vers, comme ils veulent qu'on face en matiere de Stances, nostre Poesie ne sera plus vne peinture parlante, semblable à celle de l'Antiquité, mais vn commun discours, ou plustost vn amas & enfilade de conceptions & de pointes affectées, qui tiennent plus du Sofiste, que de l'Orateur, tant s'en faut qu'elles ressentent en façon quelconque le Poëte. Or ce qui me plaist

ĩ

d'auantage en mes Periodes, où vers libres; c'est qu'ils s'accommodent grandement bien à toutes les narrations & descriptions Poetiques, & ne sont nullement propres à ces pointes; qui me fait croire, voyant le siecle si fort amateur de toute sorte de nouueauté, que si nos Poetes prennent vne fois goust à celle-cy, il y a quelque esperance que, preferant le fruit aux fleurs, ils se remettront peu à peu dans le chemin que nos peres nous ont tracé, pour puis apres donner tout a faict dans l'Heroïque, & faire naistre des ouurages, qui nous puissent finalement mettre en quelque parallele auec les estrangers. Car c'est de ceste sorte que ie voudrois que ceux, qui par la fortune y sont appellez, & qui en ont les parties necessaires, comme certes il y en a parmy eux, trauaillassent à la Poesie, afin de nous faire voir ce vatem egregium, *que le Satyrique demandoit en son temps,*

——cui non sit publica vena,
Qui nil expositum soleat deducere, nec qui
Communi feriat carmen triuiale monetâ.

Voyla, Monſieur, les motifs qui m'ont fait detraquer de la route ordinaire, & de celle que ie me voyois frayée par ceux qui s'eſtiment maiſtres en ceſte art, dont i'ay creu eſtre obligé de vous rendre compte, comme à celuy, en qui vray ſemblablement doit reſider toute la diſcipline Poetique de noſtre temps, afin que vous ne creuſſiez pas que ce fuſt ſans raiſon que i'aye voulu faire bande à part. Et apres vous auoir ſatisfait, i'eſtime que les autres auront mauuaiſe grace de me vouloir faire reſpondre deuant eux: En tout cas ie m'aſſeure que vous meſmes, apres y auoir bien pensé, m'y ſeruirez d'aduocat, & que mon deſſein ſe trouuant appuyé de l'authorité que vos merites vous ont acquis, cette ſorte de vers aura cours en noſtre langue, & la France vous en aura l'obligation auec tant d'autres, qui la conuient à vous rendre perpetuellement les honneurs qui vous ſont deus, & moy particulierement à me dire

MONSIEVR,

Voſtre humble & affectionné ſeruiteur.

FAVEREAV.

ARGVMENT OV ORDRE *des matieres & descriptions contenües en ce Poeme.*

LA

LA FRANCE CONSOLEE.

EPITHALAME,

POVR LES NOPCES DV
Tres-Chrestien LOVYS XIII.
Roy de France & de Nauarre,

ET

d'ANNE d'AVSTRICHE
,Infante d'Espagne.

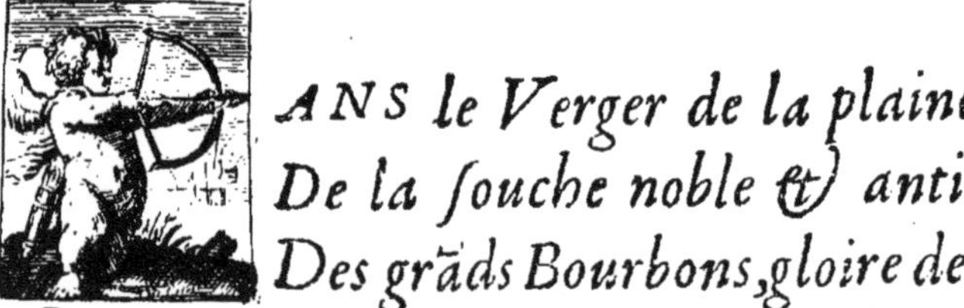

ANS le Verger de la plaine Celtique,
De la souche noble & antique
Des grãds Bourbons, gloire de l'Vniuers,
Et derniere attente du monde,

(Qui par l'entre-suitte feconde
De tant de Rois & de Princes diuers
Profondement enracinée
Ferme s'assiet sur le haut Pyrenée,
Et de là ses bras allongeant
D'vn verd & spacieux fueillage
Va la belle Seine ombrageant
De l'vn iusqu'à l'autre riuage,)
Poussoit vn rameau genereux,
Qui sous vn ascendant heureux,
Nourry, le long d'vne ONDE claire & BELLE,
De vertu, de gloire, & d'honneur
Receuoit au champ du Bonheur
D'vn beau Soleil l'influence eternelle,
Et promettoit aux siecles ja meilleurs
En lieu de fruicts, de fueilles, & de fleurs,
La despoüille de ses Autonnes,
Palmes, lauriers, triomfes, & couronnes.

Quand la grande Nimfe des lieux,
Nimfe des immortels esperdûment aymée,
Ie dis la France renommée,
Mere des Rois & des Dieux,

Qui par la faueur des Cieux
Bien-heureuse auoit en cure
La culture
De cest arbre precieux,
Sur luy vint à jetter les yeux;
Et voyant de soins magnanimes,
De hauts desseins, & pensées sublimes
Le jeune rejetton fleurir,
Se disposa d'aller aussi querir
Dans le plus florissant parterre
De l'estrangere nation,
Du plus illustre plant, dont joüysse la terre,
Vn noble & genereux sion,
Afin d'en faire vne belle ente
Au royal surgeon de la plante,
Et de son ordre bien-heuré
Voir quelque jour l'Vniuers decoré.

Mais tandis que d'vn lien ferme
Elle assembloit ce diuin germe,
Et que desja l'Escusson se formant
Elle serroit le nœu de l'estrainte derniere,
Voicy qu'vne Galerne fiere
D'esclairs guerriers, & de gresle s'armant

Pour le rendre ſteril en ſon accroiſſement,
Et empeſcher que la greffe œillettée
A l'arbriſſeau ne fuſt entée,
Souffla du coſté d'Aquilon
Vn tempeſtueux tourbillon,
Et d'vne haleine infeconde
Deçà delà ſes efforts redoublant
Deſſus le ſion tremblant,
Vint à crouller l'eſperance du monde.

Cette belle Nimfe alors
Le poil eſpars, & deſtors,
Les yeux de larmes baignée,
Les joües eſgratignée,
Le veſtement deſchiré,
Auec le Lis à ſes pieds desfloré,
Toute deſgraffée,
Mal en conche & deſcoiffée,
Sa couronne entre ſes bras,
Son ſceptre giſant à bas,
Apres auoir de hurlemens funeſtes
Remply les voûtes celeſtes,
Apres auoir entrecoupé les airs
De mille ſouſpirs diuers,

Part de la main, & surmontant des nues
Les regions inconnues
Gaigne le porche doré
Du grand Olympe azuré,
Et de là trauersant d'vn genereux courage
Le premier & second estage,
Se rend au seüil estoilé
Du logement emperlé,
Ou la Motrice supreme
De la Sfere troisiesme
A son hostel artistement taillé.

Ce superbe Palais d'admirable structure
Basty par les mains de Nature
De safir & de diamant
Se courbe en voûte également,
Et reçoit la clarté reflexe
Des rayons de l'Astre voisin,
Qui se rompants sur le dome conuexe
Du pauillon luysant & cristallin,
Font d'vne oblique maniere
Aux enuirons espancher la lumiere,
Si bien que de toutes parts
Le feu d'vn beau jour espars

Imprimant ſa jaune route
Dans le celeſte-bleu, dont le mur eſt formé,
Fait vn lambris à la voute
D'or & d'azur parſemé.

Au beau milieu par vn grand artifice,
A l'endroit, ou l'edifice
En boule s'eſpaiſſiſſant
Va plus de clarté ramaſſant,
Vn throne pompeux eſclate
De rouge eſcarboucle dreſſé,
Dont le plancher eſt tapiſſé
Touſiours de fine eſcarlate,
Et dont les marches encor,
Auec les accoudoirs entaillez de trofées,
Sont de pur rubis & d'or
Superbement eſtofées.

Là ſous vn grand dais pourpré,
Qui tout autour du ſiege diapré
Faiſoit eſpanouïr vn ombrage de roſes
Nouuellement eſcloſes,
Eſtoit aſſiſe en ſes plus beaux attours
Des Graces, des beautez, des ris, & des
Amours

La Deesse & l'Imperatrice,
La belle Princesse d'Erice.

Mais quel esprit d'assez profond sçauoir,
Quel style sçauroit on prescrire,
Capable de conceuoir,
Tant s'en faut de descrire,
Auec mesme naïueté,
De cette ineffable beauté,
Qui sur toute autre en parangon excelle,
La plus petite parcelle?

En ses cilz amoureux tremblote vn vif esclair
Comme d'vn astre clair,
Qui se lançant par drues estincelles
Au gré de ses douces prunelles,
Allume le beau sejour
D'vn pur & sincere jour.

De la chaleureuse braise,
Qui seme dans ses beaux yeux
L'esclat d'vn feu radieux,
Vulcain auiue sa fournaise,

Et Febus eſt bien aiſe
Aux plus beaux jours de l'Eſté
D'en faire ſa clarté.

De ſa joüe delicate
La graine de l'eſcarlate,
Et la roſe au bouton peint
Vont empruntant le pourpre de leur teint.

De l'ouale ſucrin de ſa bouche doüillette,
Quand la fente vermeillette
Entrouuerte d'vn doux ris
Fait paroiſtre au defaut des levres cinabrines
Le naturel pourpris
De ſes dents argentines,
S'eſtime le plus rare prix
Du coural & des perles fines.

De la blancheur de ſon ſein pommelé,
Qui dans ſon embompoint recelle
Vn teton potelé,
La nature imite celle,
Qu'elle donne au laict caillé,
Et à l'yuoire taillé.

Et rien de jaune en ambre ne ruisselle,
Rien de luysant n'estincelle
En la pureté de l'or,
Qui n'ait esté pris encor
De ceste perruque blonde,
Dont les doux passe-filons
Luy viennent crespes & lons
Par mainte & mainte belle onde
Descendre sur les talons.

A ses pieds y auoit & tout à l'entour d'elle
Vne garde fidelle
D'Archers encarquelez,
Et aux costez de la Belle
Mille Courtisans ailez,
Hommagiers de sa puissance
D'vne aueugle obeissance
Paroissoient à ses vœux egalement zelez.

Plus à l'escart par la plaine, que Flore
D'vn riant esmail fait esclore
Au gré d'vn eternel Printemps,
S'esgayoient libres & contents

De blancs troupeaux de pigeons domeſtiques,
Et de Cygnes aquatiques,
Qui çà & là bien-heureux
Le long d'vn doux courant de nectar amoureux
Paiſſoient la manne ſuccrée
De l'Ambroſie ſacrée.

Elle tandis auec ſa blanche main
D'vne induſtrieuſe couſture
S'amuſoit à broder (ouurage ſur-humain)
A ſon filz d'aueugle nature
Vn bandeau leſte & gentil
De creſpe tenve & ſubtil,
Ou d'vne aiguille delicate
Brochant l'or trait parmy la ſoye plate,
Elle auoit tout au long couché
Les auentures de Pſyché.

Quãd tout ſoudain plaintiue & déplorable
Auecques ſanglots & cris
La Princeſſe venerable
Des dorées fleurs de lis
Entra dedans le paruis

Du domicile celeste
Et d'vn discours piteusement funeste
Esuentant son triste soucy
A Venus se plaignit ainsi.

« *Que tarde plus, belle Cithere,*
« *Fille du grand Saturnien,*
« *Que tarde plus ores ton pere,*
« *Rompant le nœu Gordien*
« *De cet antique lien,*
« *Auec lequel en vne paix vnie*
« *De l'Vniuers il estraint*
« *La discordante harmonie,*
« *Et l'Ocean dans ses bornes restraint,*
« *A deschainer la rage & la colere*
« *De Neptun son orgueilleux frere,*
« *Et sur la teste des humains*
« *Lascher la reine à ses flots inhumains ?*

« *Ie veux, ie veux que Thetis l'escumiere*
« *M'enseuelisse la premiere,*
« *Et deuant tout autre païs*
« *Voir mes guerets de son onde enuahis.*

« *Viennent les flots, viennent donque*
« *Sans retardement quelconque*
« *Les flots mutins & venteux,*
« *Qui s'esleuent tempesteux*
« *Vers la pointe de Passare,*
« *Et de courroux se fronçant*
« *Superbes vont menaçant*
« *Le haut du Messine Fare,*
« *Viennent ces flots desormais*
« *A percer le ventre espais*
« *Des opposites montagnes,*
« *Et franchissant les naturels remparts,*
« *Qui murent de toutes parts*
« *Le plat honneur des fertiles campagnes,*
« *A faire ensemblement de l'vn à l'autre bout*
« *Vn rauage de ce Tout.*

« *Que l'Uniuers d'vn branle vague*
« *Nage englouty dedans la vague,*
« *Et que les abysmes ouuerts*
« *En cent mille gouffres diuers*
« *Aillent courant de marais infertiles*
« *La memoire entierement*

" Des Royaumes & des villes.

" O plus heureuse vrayment
" Plus que moy cent fois heureuse
" La region froidureuse,
" Qui exposée aux frimas
" Des Hyperbores climats
" Tousjours couuerte la face
" De mille monceaux de glace,
" Tousjours blanche les cheueux
" De mille flocons éveus
" Que maint broüillas de neige esparsement y sasse,
" Fremit transie aux souffles de la Thrace,
" Et verglacée en tout temps
" Toute sorte d'habitants
" De son sein froid piteusement dechasse.

" Heureuse encor, heureuse plus que moy
" Cette contrée Libique
" Auoisinant le Tropique,
" Qui tousiours pleine d'effroy
" Parmy les deserts d'Afrique
" Voit sur son dos rouler au gré des vents

« Des monts de sables mouuants,
« Et cuite des ardeurs d'vn hasle insupportable
« Se deffend inhabitable
« Des outrages inhumains,
« Et de l'acces redoutable
« Des parricides humains.

« Pourquoy de la Zone bruslante
« Plus au large ne s'estend
« Dedans les cieux la plage estincelante,
« Et ample se dilatant
« Ne vient vermeille estaller sa liziere
« Iusques dessus ma frontiere?

« Pourquoy, pourquoy ne nasquis-je aussi bien
« Sous le pole Scythien,
« Ou la Tramontane fiere
« Oyseusement fait couuer
« Vn perpetuel hyuer?

« O combien mieux aymerois-je sauuage
« Auoir eu pour appanage

" *En lieu d'hommes & de citez*
" *L'affreuſe horreur des bois inhabitez,*
" *Et combien dauantage*
" *Parmy l'effroy des deſerts eſcartez*
" *Me plairois-je au couuert d'vn ſterile ſolage*
" *Exempte du labourage?*

" *Contrainte maintenant*
" *De voir l'Hydre poignant,*
" *Le Ceraſte cornu, la Dipſade alterée,*
" *La Vipere colerée,*
" *Et mille & mille autres tels*
" *Monſtres laſches & cruels,*
" *Engeance deſnaturée,*
" *Que j'ay pauurette en mes flancs eſleuez,*
" *Qui çà qui là de fureur endévez*
" *Courir les champs, & d'vne audace vaine*
" *Felonnement ſouſleuez*
" *Par eſcadrons ſeigneurier la plaine.*

" *Combien me ſeroit-il encores plus ſeant*
" *Le ſein ouuert, & l'eſtomach beant,*
" *Comme le Mont-gibel, ou la Somme boüillante,*

" *Haleter estincelante,*
" *Et d'vn flamboyant gosier*
" *Sanglotter la fumée, & vomir le brasier,*
" *Que de me voir, chetiue & miserable,*
" *En vn estat si deplorable?*

" *Dequoy me sert qu'vn heureux ascendant*
" *D'vne œillade fauorable*
" *Va mon climat regardant?*
" *Climat, dont l'aymable sole*
" *Distante également de la Ligne & du Pole,*
" *A son zenit au milieu*
" *De la zone temperée,*
" *Et par la plage du lieu*
" *Est d'vn doux air en tout temps bienheurée.*

" *Dequoy me sert le fructueux rapport,*
" *Que le cultiuer vtile*
" *D'vn terroir gras & fertile*
" *Rend au Laboureur accort,*
" *Lors qu'embauché par la plaine*

" Il moiſſonne a foiſon és blatieres foreſts,
" Digne loyer de ſa peine,
" L'alme rente de Cerés,
" Et dans l'or de mes gueretz
" Auec vne vſure immenſe
" De ſes façons & ſemence
" Recueille les intereſts,
" Si ſeulement ie dois eſtre prodigue
" Au trouble affreux d'vne Ligue,
" Et ſi les riches preſents,
" Que de mon ſein tous les ans
" Liberale ie deſploye,
" A l'inſolente fureur
" D'vn barbare picoureur
" Doreſnauant ont à tomber en proye,
" Si que bien-toſt on me voye
" De l'auide eſtranger & du ſoldat mutin
" Et la butte, & le butin?

" Ie ſuis donc? ſuis-ie bien ores,
" Suis ie encores
" Cette Reyne indomptable au reſte des humains,
" Celle jadis que l'on vante

« *Auoir ſemé l'eſpouuante*
« *Dedans le cœur des ſuperbes Romains?*

« *Suis-ie celle,*
« *Pour laquelle*
« *Le grand Ceſar ſi long-temps*
« *Eut à pâtir le cû deſſus la ſelle*
« *Fut vn temps,*
« *Et chamaillant hors d'haleine*
« *Par la plaine*
« *Chetif tant & tant de fois*
« *Se vit d'ahan & de peine*
« *Suer deſſous le harnois?*

« *Maintenant reduite aux abbois*
« *Par les factions perfides*
« *De mes enfans parricides,*
« *Qui diuiſez en contraires partis*
« *A l'enuy grands & petits*
« *Me deſchirent la poitrine,*
« *Et d'vn acier aſſaſſin*
« *A l'appetit de l'Erinne*
« *Me vont diffamant le ſein,*
« *Miſerable ie voy mon empire ſupreme*

"Tout de la maniere mesme,
" Que cheut encor celuy-là des Latins,
"Courre au panchant d'vn precipice extreme,
" Et dedans mes intestins
" Fomenté çà & là de tisons clandestins
" S'esleuer vn incendie
" De feux ciuils & mutins,
" Feux (si l'ordre des destins
" Promptement n'y remedie,
" Et qu'vne pluye des cieux
" Pour les estaindre ores dessus ma face
"Ne verse des torrents de douceur & de grace)
" D'autant plus pernicieux,
" Que plus & plus au dedans enfermée
" La flame en ard allumée.

"Tant d'escornes receus, tant d'affronts entassez,
" Que par les siecles passez
" Auec tant d'ignominies
" I'ay l'vn sur l'autre amassez,
"Tant d'infames vilanies,

"De meurtres, d'embrazements,
"De vols, de violements
"Deuoient ſuffire à leurs fieres manies,
"Et rendre ores aſſouuy
"De cruautez leur courage allouuy.

"Helas! peu me ſeroit certe,
"Peu me ſeroit, à bien dire, la perte
"De tant de ſang, que iadis
"En ma ieuneſſe plus verte
"I'eſpandis,
"Pour inſtaller en ſon lict de Iuſtice
"HENRY LE GRAND, ſi de meſme malice
"Ils n'eſſayoient derechef,
"L'vlcere helas de la playe entamée
"A peine encores fermée,
"D'amonceler à mon chef
"Outrage ſur outrage, & meſchef ſur meſchef.

"Que ſi du Lis, fleur des aſtres cherie,
"I'ay dedans mon azur empraintе l'armoyrie,

"Et s'il est vray que le Lis
"Soit l'Iris
"De la campaigne fleurie,
"Puis que l'Iris à iamais
"Est vn signal de bonace, & de paix,
"Pourquoy chetiue au dedans de ma terre
"Voy-ie regner la tempeste, & la guerre?

"Toy, Deesse de ces lieux,
"Alme deduit de la terre & des cieux,
"Brasier d'amoureuses flames,
"Vie de l'vniuers, allegresse des ames,
"Et douce eschauffaison des hommes & des
Dieux;
"Seule capable au gré de tes beaux yeux
"D'appriuoyser le courage
"Plus sauuage,
"Et l'orgueil abbaisser des plus rogues esprits,
"Incomparable Cypris,
"A qui rend obeissance
"Dedans l'enclos de ce vaste pourpris
"Toute sorte de puissance,
"A qui des le sommet de l'Olympe vouté
"Iusqu'au gouffre inhabité

“ *Que l'Orque auare possede,*
“ *Toute la Nature cede,*
“ *Et dont la Diuinité,*
“ *Reparatrice feconde*
“ *Des dechets de nostre monde,*
“ *Est reuerée en grande humilité*
“ *Du ciel, de l'air, de la terre, & de l'onde.*

“ *Deesse, ne vois tu pas*
“ *Combien de troupes la bas*
“ *De fer & de fureur armées,*
“ *Combien de regiments, & de fieres armées*
“ *Taschent à diuertir cest eschange nopcier,*
“ *Qui mettant l'amour en troque*
“ *Fait d'vn Hymen reciproque*
“ *Deux sceptres associer,*
“ *Et d'vn double entrelas egalement assemble*
“ *ISABELLE & PHILIPPE, ANNE & LOVYS ensemble?*

“ *Voy cette Dame illustre de renom,*

"Qui de la gloire de l'Arne
"S'en est venuë enorgueillir la Marne,
"Et qui naissant prit le nom
"De la MARINE,
"D'où tu as pris autre-fois l'origine.

"Celle dis-je, celle là,
"Qui tant & tant nagueres trauailla
"Pour le repos des Itales,
"Lors que faisant le holà
"Des rancunes capitales
"Et contrastes guerriers, qui troubloient l'Eridan,
"Elle accommoda la noise
"De la Dore Piemontoise
"Et du Mince Mantoüan.
"Et monstre encor auoir eu tant de zele
"A la paix vniuerselle
"De l'Empire Chrestien,
"Qu'il semble seulement que pour son entretien
"Elle ait ores conuertie
"En amour l'antipathie,
"Faisant que plus le LION Iberois

« De mon COQ ne craigne la vois,
« Et qu'aupres de L'AIGLE d'Austriche
« Le sacré PIGEON de mes Rois
« En seureté doresnauant se niche.

« Voy cette alme Deesse au milieu des
mortels,
« Aux beaux yeux de laquelle en grace, en
accortise,
« En attraicts, en mignardise,
« (Permets qu'on les die tels)
« Egaux aux tiens immortels
« Long-temps y a que la SEINE,
« Si d'esprit elle estoit saine,
« Dedans ses riches hostels,
« Idolatre volontaire,
« Non que des-ja vassalle & tributaire,
« Eust esleué des autels.

« Voy de combien d'assauts ia des-ia com-
battuë
« Constante elle s'esuertuë
« De resister : voy, Cithere, comment
« Çà & là iournellement

" *Encontre elle s'esleue, employ de ses conquestes,*
" *Non vne armée, ains vne Hydre de testes,*
" *Qui decollée aussi-tost regermant*
" *Fiere renaist doublement,*
" *Et dedans ses funerailles*
" *Iumelle se ranimant*
" *Luy prouigne tousiours de nouuelles batailles.*

" *Oy comme en ce conflict abbayé tout autour*
" *Des testes de ce monstre auide*
" *A guise d'vn second Alcide*
" *Le braue Duc de* GVISE *au milieu de l'estour*
" *Va deslaschant d'vne horrible furie*
" *L'espouuantable batterie*
" *De ses canons, & faisant parmy l'air*
" *D'vne druë escoupeterie*
" *Vne gresle de plomb esparsement voler,*
" *Ainsi qu'vn foudre de guerre*
" *Tout d'esclairs & de tonnerre*

" A trauers l'ost des Rebelles transis
" Impitoyable desserre
" Les BALLES de MEDICIS.

" Regarde encores, regarde
" Comme d'autre costé dans la plaine Picarde,
" Ou la fureur des ennemis espars
" En plusieurs torrents desbordée,
" De toutes parts
" Va rauageant la campaigne inondée,
" Et hostilement enuahis
" Noye tout à l'entour les bourgs du plat pays,
" Le Gouuerneur & Gardien fidelle
" D'vne imprenable Citadelle
" Dans la Prouince commandant,
" Honneur & los de l'Hetrurie,
" Auecques son Infanterie
" Va le passage deffendant.

" Le Dieu des Getes cependant
" Affreux & fier au milieu des alarmes,

“ *Sans ſoucy de mes cris, ſans pitié de mes*
larmes,
“ *Par la Guyenne va rodant,*
“ *Et pourſuiuant la pointe de ſes armes*
“ *A l'appetit d'vn infame butin,*
“ *Tout en nage,*
“ *Tout entouré de carnage,*
“ *Tout empourpré de ſang, furieux &*
mutin
“ *Flambe d'ardeur & de rage.*

“ *Ha! ſi tu fais quelque eſtat des autels,*
“ *Et des temples immortels,*
“ *Qui d'eternelle memoire*
“ *Dedans l'enclos de mes Gouuernements*
“ *Sont erigez à ta gloire,*
“ *Soit dedans les yeux charmants*
“ *De tant de gentilles Dames,*
“ *Soit dedans les nobles ames*
“ *De tant de braues amants,*
“ *Enten de grace, enten à mes tourments.*

“ *Toy meſmement qui par les puiſſants*
charmes

"D'vn regard amouraſché
" Laſciuement deſcoché
"Souuentefois à ton gré le deſarmes,
" Et dans tes bras le vas empriſonnant,
"Va t'en, va t'en maintenant
" L'amadouër, & meine les Kharites
" Auecques toy, ces Graces fauorites,
" Courtieres de tes appaſts,
" Qui compaignes de tes pas
" En tous lieux, Brigade leſte,
" Suyuent ta beauté celeſte:
" Mais ſur tout n'oublie pas
" Ceſt incomparable Ceſte,
" Plein de force & de vigueur,
" Cette amoureuſe ceinture,
" Qui peut flechir, miracle de Nature,
"Toute ſorte de rigueur.
" Bien que pour amollir tout a fait le courage
" De ce Dieu fier & hagard
" Suffit ſans plus vn regard
" De ton celeſte viſage.

"Tourne donc, tourne meshuy
" Deuers luy

" Ton estoile debonnaire,
" A fin que par l'attrait de tes rais gracieux
" Dans les cieux
" Sa planete sanguinaire
" S'inclinant à la pitié
" Change l'aspect, & que les Destinées
" Pleuuent a longues années
" En mes Estats la paix & l'amitié.

" Fay le, ie t'en supplie, ô benigne Cithere,
" Toy qui d'Amour és la mere,
" Car en effect le succés desiré
" De ce Royal mariage,
" Qui d'vn égal assemblage
" Vnit estroitement ce couple bien-heuré,
" Est de l'Amour vn ouurage.
" Ouy ce fut Amour seul, ce petit Dieu vainqueur,
" Qui estraignit dans vne mesme couche,
" Ferut d'vne mesme touche
" Et l'vn & l'autre corps, & l'vn & l'autre cœur.

A ces tristes accents, qui d'vn echo funeste
Faisoient du Dome celeste

Hautement retentir le lambris eſmaillé,
Amour s'eſtoit eſueillé.
Amour, qui ſes trauaux d'alternatiues poſes
Volontiers entremeſlant,
Alors ſommeilleux & lent,
Giſoit ſur vn lict de roſes,
Dedans vn bers de fin or ouuragé,
Que Mulciber en forme de Gondole
Auoit du creu de Pactole
Dedans Lipare forgé.

A coſté droit la Laſciueté molle
Auec vn pied fretillard & plaiſant,
Ainſi qu'auec vne rame, faiſant
A la gente barquerolle
Coyement ſillonner de l'Oubly bien-heureux
Le calme doux & tranquile,
Deçà delà berſoit d'vn branle agile
Le petit enfant pleureux.

Et à gauche l'Eſperance,
Pleine d'appas, & de feinte apparence,
Flateuſe le mignardoit,
Et ſes mammelles nourrices

Pour l'appaiser auec mille blandices
Iusques aupres des leures luy tendoit.

Cependant assise à l'orée
De la pouppe dorée
La delicate Oysiueté,
Qui le soignoit cherement dorloté,
Luy agençoit sous la teste lassée
Et de sommeil affaissée
Des coussins mols & doüillets
De giroflée & d'œillets.

Et le Souhait, qui de vaine pensée
Le paissoit ambitieux,
Secoüant çà & là le voyle de ses yeux
(Banderolle du nauire)
Au souffle d'vn doux Zefyre,
L'esuentoit,
Et au repos mollement l'inuitoit.

Aux enuirons le Deduict, l'Allegresse,
Le Ieu, le Ris, le Charme, le Plaisir,
Le Souspir, le Regard, le Baiser, le Desir,
Et ses autres Cadets, enfants de la Deesse,

Almes Tyrans des cœurs,
Chantoient des airs, & meslant les paroles
Parmy les sons faisoient à diuers chœurs
Vn doux concert de luts & de violes.

Esueillé donc au bruict de l'echo reson-
nant,
Qui faisoit retentir ces langoureuses plaintes,
Et meu par les prieres saintes
D'vne si digne Nymphe, Amour incontinent
Se dessillant la prunelle
Vers la face maternelle
Tourna les yeux, & disert truchement
Donnant manifestement
A cognoistre en son silence
L'interieur & secret mouuement
Des œillades qu'il eslance,
Luy descouure naïf tout ce que son cœur
pense.

La Belle cependant qui d'vne gente main
Trauailloit à sa cousture,
Et d'vn tissu de soye (ouurage sur-humain)
Ourdissoit de longue-main

L'artiste

L'artiſte manufacture,
Interrompuë en ce point, & quittant
A l'inſtant
Et l'aiguille & la beſoigne,
Du coin de l'œil, accorte, luy teſmoigne
Qu'a peu pres elle entendoit
De ſes vœux enfantins la muette ambaſſade,
Pendant qu'ores d'vn ſigne, & ores d'vne œillade
Sourdement elle reſpondoit,
Et ſe prenant à ſouſrire
Sans mot dire
Luy accorde ſous-main tout ce qu'il demandoit.

Elle ſe leue, & telle que l'Aurore
D'vn Soleil, qui ne fait encore
Qu'eſpanouyr aux Seres & Perſans
Le nouuel or de ſes rayons naiſſants,
Vn plus beau ciel dans le Ciel fit eſclore.

Le bril de ſes regards almes & gracieux
Rendoit plus claires & nettes
Les Planetes,

Le calme de ſon front raſſerenoit les cieux,
L'attrait charmant de ſes yeux
Enamouroit les Deïtez plus fieres,
Le doux cil de ſes paupieres,
Et l'accueil officieux
De ſa face
Pleuuoit la ioye, & la grace,
Eſpanchoit les amours, la chere, les plai-
ſirs,
Et de douceurs enyuroit les deſirs.

Aux enuirons de ſa perruque blonde,
Qui çà & là vagabonde
Parmy ſon front à l'abandon flottoit
Vn petit vent celeſte s'eſbattoit,
Et vne nonchalance agreable & gentille,
Qui paſſoit l'art du peigne, & de l'aiguille,
Confusément luy iettoit
(Importunité laſciue)
Sur les yeux
De fois à autre vne touffe maſſiue
D'annelets d'or, & d'ambre precieux:
Dont alors d'vne main pillarde
Taſchant d'amonceler la ſoye fretillarde,

Et du metal esparsement brillant
Les brins fuyards ensemble raccueillant,
Sans rezeuil, coiffe, ne moûle,
Ayant les fils çà & là dispersez
Tout en vn bloc ramassez,
Elle en fit comme vne boule
Dessus le front, puis l'esmail iaunissant
Du blond toupet arriere renuersant
Sur le sommet de la teste,
Elle agença la tresse d'or en feste
De Pyramide, & tordant les bourlets
En rond par maints annelets,
Comme l'on voit à la saison nouuelle
Le couleuureau ply sur ply s'esmailler,
Et de maint tour, souple, s'entortiller
Aux rays du flambeau de Dele,
Où de la mesme façon
Qu'on voit encor par la plaine de Rhée
La coquille bigarée
De l'esmaillé limaçon,
Nouuel hoste de Pomone,
Spiralement se contourner en cône;
Ny plus ny moins son poil elle arrondit,
Et d'vn artifice rare

S'en ourdit
Vne forme de tiare.

Sa robe estoit d'vn drap pers & changeant,
Dont l'estofe tissuë artistement par ondes
En cent couleurs vagabondes
A veuë d'œil alloit se meslangeant.

Autant qu'a toute heure en change
Le Khameleon estrange,
Rare Protée de l'air.
Autant que le Pan brauache
Pompeux en fait estaller
Aux miroirs de son pennache.
Autant qu'en monstre en son ieune duuet
Sur les palmiers d'Oliuet
L'vnique Oyseau, qu'adore l'Idumée,
Alors que regeneré
Dans le brasier odoré
De mainte Arabe ramée
A l'ayde du Soleil & des Cieux partisans,
Il a despoüillé les ans
De la Sibylle Cumée.

Autant qu'en va nuant l'amoureuse Chloris,
Sœur du Printemps, sur sa verde simarre,
Qu'vn nouueau May de narcisses fleuris
Et de tulippes chamarre.
Autant qu'en forme l'Iris,
A trauers le cristal de son humide mante,
Lors qu'opposée aux rayons de Titan,
Elle s'engrosse à l'aide de l'Autan
D'vne orageuse tourmente.
Autant que nous en fait voir
Au mouuoir
De son col pers sa propre Colombelle.
Autant que son propre Enfant,
Le dieu d'Amour, en espard piafant
Au desployer de son aile.
Autant qu'elle mesme encor
Attelant son coche d'or
Sur la pointe de l'Aurore
A la faueur d'vn Fauone riant,
Peslemesle en fait esclore
Par les airs de l'Orient.
D'autant & plus se bigarre
D'vn artifice bizarre
Le manteau gent & poupin

De la fille de Iupin.

Et tout ainsi qu'à la table d'vn Prince,
Lors qu'vn accort eschanson
A chasque mets aux Dieux de la Prouince
Va temperant la boisson,
Et de rang verse à la troupe
L'alme liqueur du breuuage diuin,
On voit l'eau claire au trauers de la coupe
Se confondre dans le vin;
Ne plus ne moins ces couleurs passageres
D'apparences mensongeres
Peslemesle se parant,
Et dans le tissu des soyes
Par mille secrettes voyes
Ensemble s'incorporant,
Ores vont, ores seiournent,
Ores fuyardes retournent,
Or çà & là s'esgarant
Folastres tour à tour s'entredonnent le change,
Et les obiects à la veuë alterant
D'vn reciproque meslange,

Entretiennent ſi bien leurs coloris ondez,
Que l'vn de l'autre au beſoin ſecondez,
Pendant que celuy-cy de ceſtuy-là s'efface,
Ce qui de l'vn ſe perd de l'autre ſe remplace.

Le fonds de pur or d'Ofir
Tors au rouët ſur vne ſoye fine,
Et de joyaux filez à la bobine
Eſt ourdie la trame, où tiſſu le Safir
A l'Eſmeraude, au Beril la Sardoine,
Au Rubis la Caßidoine,
Le Balais au Diamant,
La Turquoiſe à l'Amethiſte
Par vn entrelas artiſte
Ie ne ſçay quoy de confus vont formant,
Qui de moment en moment
Change de luſtre & varie, de ſorte
Que l'orangé paſlit dedans la fueille-morte,
Le violet du tanné s'embrunit,
Le coulombin parmy le gris eſclate,
Le blond ſur le verd jaunit,
Et ſous le bleu flamboye l'eſcarlate.

O qui fut celuy-là qui furetant le fonds
Des Golfes creux & profonds,
Où l'Amphitrite renferme
Ses chers tresors, luy arracha du sein
Le rouge & pretieux germe
De l'algue Sarrazine, & du sart Abyssin?

Qui fut celuy qui les riches areines
Du Gange & de l'Hydaspe au sas espeluchant,
Alla soigneux de l'Inde recherchant
Les bluettes souueraines,
Et sçeût si bien les flames assortir
De la mer d'Arabie, & de celle de Tyr?

Mais qui fut ce qui peût sur la quenouille estendre
En poupée molle & tendre
Les pretieux caillous? Qui peut auoir esté
Celuy qui doucement & à tirades lentes
Amollit de ses doigts l'extreme dureté
Des pierres estincelantes?

Quel admirable eſſay d'vn eſprit ſur-hu-
main,
Qu'elle inimitable main
En ſçeût à tenves fils retordre les fuſées,
Et par vn ſecret nouueau
Sur le roüet à brins amenuiſées
Les deuider ſouples en eſcheueau?

Qu'elle fut par apres, prodigieux eſchange,
La manufacture eſtrange
Du celeſte Veloutier,
Qui, d'vne nauette ailée
Parmy l'eſtaim de la ſoye perlée
Tiſſant l'or traict, & d'vn peigne routier
Rebattant ſur le Meſtier
Fil apres fil la trame deliée,
En ſçeût ourdir à la fin,
Comme d'vn linomple fin,
A l'entour de l'enſuble vne large pliée?

Quel ouurage d'aiguille en ſuite ſurpaſſant
Le rare prix de l'eſtofe diuine,
Quel artiſte Brodeur de pourfileure fine

La besoigne enrichissant,
Et de fleurs emboutissant
Le plat-fonds & la bordûre,
Sçeût en somme si a-point
D'vne matiere si dure
Mener la broche, & conduire le point?

Vestuë donc, & parée
Citherée
De ce riche vestement,
Commande à ses fauorites
Les Kharites
Qu'on luy dresse vistement
Son plus superbe equipage,
Pendant qu'à guise de Page
Amour d'autre costé soigneux luy va choisir
A plaisir
Six des Oyseaux les plus nobles & lestes
De ses volieres celestes,
Et caparassonnez de fleurs & de bouquets
Les luy ameine par couples,
Deux Cygnes blancs, deux amoureux Fricquets,
Et deux Colombelles souples,

Qu'en mesme temps elle fait atteler
A son Chariot d'or, Galiotte de l'air,
A qui les mors, les gourmettes, les brides,
La volée, les traicts, les bricolles, les guides,
Les rouës, les essieux, la fleche, & le timon,
Seruent de chables, d'antennes,
D'ancre, de mast, de rames, de gumenes,
De gouuernail, de voile, & d'artimon.

Ainsi voguant là haut par ceste large sente
Luysante & claire, ou d'vn trac spacieux
Dedans l'azur le plus calme des Cieux
Vne plage de laict s'estalle blanchissante,
Chemin frayé des Heros & des Dieux,
Elle descend en la plaine d'Eole,
Et du bec de sa Gondole
Fendant la nue, & sillonnant les airs,
Passe legere au trauers
Des Aquilons, & calant bas en terre
Tire vers la Gascoigne, où les camps affrontez
A lenuy de tous costez

Faiſoyent alors séuir la fureur de la guerre.

Les Zefirs cependant courriers vont ad-
uertir,
L'Aube, qui vouloit partir
De compaignie auec elle,
L'Aube, qu'onques iamais on n'auoit veu
ſortir
A l'ouuerture nouuelle
Du portail empourpré de l'Indois Orient
Plus riante ny plus belle,
Et plus beau ny plus riant
N'auoit on veu iamais ſaillir en ſuitte,
Du calme ſein d'Amphitrite,
Le Iour ſon fils, alors que ſa clarté
Fait eſclorre vn Printemps au milieu de
l'Eſté.

A tant l'Aurore ſe leue,
Portiere du Paradis,
Et tandis,
Qu'elle eſpanchoit vne pluye ſouëue
De perles deſſus les fleurs,
Naïuant peu à peu l'aſpect de toutes choſes,

Auec vn pinceau de roſes,
Elle y glaçoit à freſque les couleurs;
Et pour paroiſtre plus belle
A la plus belle des Cieux,
De tout ce que de beau l'Vniuers amoncelle,
De tout ce qu'en ſoy recelle
Le Monde de precieux,
Elle en tria d'vn chois delicieux
L'œil, la fleur, & le merite,
Et aux afficquets d'eſlite,
Aux ſuperbes attours, dont ordinairement
Elle orne ſon veſtement,
Adiouſtant de ſurcroiſt mille nouueaux meſlanges
De mille pompes eſtranges,
Alloit ſe fabriquant vn comble de beautez,
Vn treſor de raretez,
Capable parauenture
D'en laiſſer l'eſtonnement
Pour iamais à la Nature,
Et l'enuie au Firmament.

Chacun des Elements luy fit de ſa richeſſe
Vne prodigue largeſſe,

La Terre à pleines mains de roſes, de narcis,
De ſafran, de pauots, de flambes, de ſoucis,
De lis, de violiers, d'œillets, de paſquerettes,
Et de toutes les fleurettes,
Dont à chaſque Renouueau
Elle va bigarrant ſon veſtement nouueau,
Luy parſema le ſein, & ionchant la carriere
De bouquets printaniers
Luy en emplit ſes coſins & paniers.

La Mer, alme Treſoriere
De l'Vniuers, eſpuyſant
Ses magazins, riche luy fit preſent
De corail, de cochenille,
D'ambre, d'azur, de perles, de criſtal,
Et de l'areine qui brille
Sur le bord Oriental,
Pour en ſemer d'vne bobance leſte
Les parements de ſa robe celeſte,
Et d'vn luxe ambicieux
En lizerer ſon voile precieux.

L'Air luy offrit les fredons & les notes
Des Serins & des Linotes,
Les aubades & chanſons
Des Merles & des Pinſons,
La diane du Cocq, l'adieu des Aloüettes,
Et le concert des gays Roſſignolets,
Et les ſouſpirs de Zefires mollets,
Et le flair des violettes,
Et l'eſmaillé coloris
Des iazerans & colliers de l'Iris.

Le *Feu luyſant & pur, hoſte de ſes prunelles,*
Y alluma les viues eſtincelles
Et les brandons plus ſubtils & plus clairs
De l'Ethre flamboyant, & des viſtes eſclairs,
Et recela dedans ſes paupieres brunettes
L'*amoureux bril des plus douces Planettes,*
Et perruqua ſes temples rayonneux
De blonds Follets, & d'Ardants lumineux,
Et ſur ſes levres roſines
Fit eſclorre le ris des Eſtoilles voyſines.

Tout à l'entour du paruis safrané
De l'Horizon le Ciel encourtiné
D'vne lumiere pourprée
Luy faisoit feste, & toute pommelant
De blanc, de rouge, & de gris-violant,
En forme de miroirs sa voûte diaprée,
A mesure qu'elle alloit
Cà & là luy estalloit,
Parmy le beau lambris de son dome d'agate
Vn dais de fine escarlate.

Le bleu safir, & le clair diamant
Des balcons du Firmament
Alloyent d'vn radieux lustre
Mille bluettes semant
A trauers l'or de l'Etheré balustre,
Dont l'esclair çà & là d'vn beau feu jalissoit,
Si bien que l'Aube premiere
Paroissoit
Vn Soleil plein de lumiere,
Et le Point-du-iour naissant
Vn Midy resplendissant.

Le

Le Soleil mesmement, riual de sa Courriere,
Precipitant sa carriere
Dans la lice du Leuant,
Voulut prendre le deuant
Ce iour là de la Fourriere,
Et renuiant sur elle ce deuoir
Auant l'heure se fit voir,
Afin de tesmoigner qu'en faueur de la Belle
Pour faire d'autant plus la pompe solennelle,
Il reputoit à bon-heur
De seruir cependant de Cheualier-d'honneur
A sa Seruante ; & de la tresse blonde
De ses rays d'or desployant à la ronde
Les passefilons espars,
Luy en fit vn serre-teste
Dont le brillant esclat de toutes parts
Luy enguirlandoit la teste;
Si bien que quelque part qu'elle tournast les yeux
Elle faisoit d'vn contour spatieux
Espanoüir vne clarté vermeille
Dans les cieux,

Et ſon beau chef, parangon de merueille,
Diuinement reueſtant ſon attour
Tout autour
D'vne lueur nompareille,
Y allumoit peu à peu
Vn rayonneux epicycle du feu.

Ainſi richement parée
La belle Aube s'en alloit
Accompaignant le char de Cytherée,
Qui rouloit
Par le gliſſant de la plaine Etherée.

Fauone en ſuite & Flore cependant
Propices en alloient la route ſecondant,
Et follaſtrants autour d'vne ſoupleſſe accorte,
Inſeparables amants,
Çà & là luy faiſoient aſſiduelle eſcorte.

Les Cieux & les Elements,
Ambicieux de luy plaire,
D'vn ſoin extraordinaire
A qui mieux mieux ſe mettoyent en deuoir
Chacun de la receuoir.

Tout luy rioit. La Campaigne couuerte
D'vn tapis de panne verte,
Et les Chemins de jonchée pauez,
Et les Champs d'eau-de-rose & de naffe lauez,
Et l'Air musqué de parfums, & les Antres
Les Vallons, & les Taillis
Animez du gazouillis
D'vn chœur ailé de mille petits chantres,
Et les Buissons bordez en haye d'aubespins
Comme d'archiers, & les Bocages peints
De chifres & de trofées,
Et les Roches d'albastre & de jaspe estofées,
Et les Coustaux tendus de vert-naissant,
Et la Nuë
A gouttelettes versant
D'eau-d'ange parmy l'air vne pluye menuë,
Solennisoient à l'enuy sa venuë.

Les Chesnes, les Ormeaux, les Planes, les Sapins,
Les Aunes, les Peupliers, les Rouures, & les Pins,
Et les Trembles, & les Saules

De leurs feüilles en passant
Luy alloyent applaudissant,
Et leurs fourchues espaules
En signe de respect, hommagiers, flechissant
Alloyent leurs branches retortes
D'embrassements estroicts & d'accolades fortes
A guise d'Arcs triomfaux enlassant.

Les Parterres & les Prées
Boutonnant çà & là florissoient diaprées
De mille diuers esmaux,
Toute sorte d'Animaux,
Les Plantes, les bourgeons, les Simples, les fleurettes,
Alloient ensemble formant
Vn doux concert d'amourettes,
Et tous vnanimement
Contribuoient au commun compliment
De la Nature. Elle mesme
Languissoit en ce point d'vne douceur extreme,
Et mourantes doucement
Se voyoient esparsement

Dedans le ciel, pasles & haletantes,
A syncopes tremblotantes
Les Estoiles defaillir,
Et rendre l'ame au guerrier assaillir
De sa lumiere ennemie, & les Ombres
A grand' haste desbusquant
A la faueur des Crepuscules sombres
Disparoistre quand-&-quand.

En fin voyla qu'elle arriue
Dans les champs desolez de l'Aquitaine riue,
Où de loin par la plaine elle auoit descouuert
Le vaillant Dieu des alarmes
Brandissant à plein poing dans la foule ses armes,
Sanguinaire, & tout couuert
De fumée, & de flameches,
D'homicides mousquets, & de puantes meches,
Parmy les rangs, horrible, forcener,
Et fremissant de courroux & de rage
Par-cy par-là d'vn furieux courage
Fierement se demener.

Le voylà qui fait main basse,
Cruel, par tout où il passe,
Et chatoüillé d'vn desir carnacier
Aux escadrons espars donne la chasse,
Guidant superbe vn Char de fin acier,
Dont les coursiers, nourrissons de la Thrace,
Plus que flame vermeils, plus que flame legiers,
Bondissant pleins de fougue à trauers les dangiers
Rogues se font faire place,
Et dans la presse ronflant
Pa les nazeaux vn feu noir vont souflant.

Vn grand pennache luy flotte
Affreux sur la bourguignote,
Vague jouët des Autans,
Et luy affublant la teste
De l'orgueilleux attour d'vne plumeuse creste,
Qui fait, rougeastre, horreur aux combattants,
Espaissement y espanoüit l'ombre
D'vne lueur pasle & sombre.

Le Plaſtron deſmeſuré,
Qui ſur le corſelet maſſif & aceré
A trempe diamantine
Luy va murant la poitrine,
Horrible fait jalir vne rouſſe palleur
Aux enuirons, tirant ſur la couleur
D'vn or liuide, qui ſeme
Dedans les yeux vne eſpouuante bleſme,
Et dans les cœurs vne froide ſouſleur.

L'acier poly de la Targe
Lourdement eſpaiſſe & large,
Qui d'vn vaſte contour çà & là balançant
Sur ſon corps, peſante charge,
Luy va le bras affaiſſant,
Darde vn eſclair haue & bruſque,
Dont le hideux eſclat par les airs bruniſſant
Ternit le iour, & le Soleil offuſque.

L'outrecuidée Opiniaſtreté,
Qui d'vn eſprit aheurté
Parmy les bataillons ſe lance à toute bride

Où sa passion la guide,
Faisant fiere claquer vn foüet aspre &
cuysant,
Cochiere va conduisant
Le Char. Deuant & derriere
Et tout autour vne troupe guerriere
De mauuais garnements, vn peuple mal-
faisant,
Va & vient, furieuse & detestable en-
geance,
Le Maltalent, le Despit, la Vengeance,
Le Desespoir, l'Audace, la Fierté,
La Desbauche, l'Ardeur, l'Espouuante, l'A-
larme,
Le Tumulte, & le Vacarme,
Et l'Embusche, & la Fraude, & la De-
sloyauté.

La Discorde forcenée
Marche à la teste, & d'vn port inhumain
Tient felonne en chasque main
Vn glaiue nu. La Licence effrenée
Va çà & là voltigeant par les rans,
Et auec elle esparsement errants

Vont l'Insolence, la Rage,
L'Effort, l'Iniure, l'Outrage,
L'Ire, l'Exces, le Desordre, l'Horreur,
La Trahison, l'Affront, la Perfidie,
Le Qui-viue douteux, l'Escarmouche hardie,
Le Conflict Martial, la Panique Terreur,
Et la Solde mercenaire,
Et le Meurtre sanguinaire,
Et la Cruauté sourde, & l'aueugle Fureur.

Au milieu d'eux, asyle des reuoltes,
La Guerre va galopant sur les voltes
Vn indomptable coureur,
Et ralliant le vague picoureur
Chacun sous sa colonnelle,
Vient valeureuse aux coups, a costé d'elle
La Mort, effroy des humains,
Meine implacable & cruelle
Sa grand' faux noire à deux mains.

De tous costez les Menaces fremissent
Grommelant aux enuirons,
Et aux douloureux cris des peuples qui perissent,

Aux animeux accents des Cheuaux qui hanissent,
Aux fanfares des Clairons,
Aux chamades des Trompettes,
Aux salues des Escoupettes,
Au bruit des Canons tonnants,
Et au dru battement des Tambours resonnants,
Les Cieux meuglent, les Airs crissent,
La Terre tremble, & les Ondes gemissent.

Mais pour cela moins aspre & moins felon
Ne paroist en son courage,
Ny moins rogue en son visage
L'inexorable Dieu du Thrace & du Gelon.

Deuant luy çà & là se fendent escroullées
Les montaignes & vallées,
Et comme si c'estoit vn brazier deuorant,
Par tout où la rouë passe
Du Chariot superbe & conquerant
Toutes choses luy font place,
Et vn guerrier tourbillon,
Qui de tiede vermillon

Funeste fait pleuuoir vne fatale ondée,
Teignant de flots empourprez
Les fleurs des champs & les herbes des prez,
En laisse tout autour la campaigne inondée.

Pendant donc que le mutin
Parmy le choc incertain
De la meslée affreuse & redoutable
Menant en rond le char espouuantable,
Bouffy de rage, & poudreux, & sanglant
Boüilloit d'ardeur dans l'intrigue des armes,
Pleine d'appas & de charmes
Celle qui du tiers Ciel, motrice, va reglant
L'alme cours, à l'improuiste
D'vne contenance triste,
Le front chargé de soin, & la face d'ennuy
Se presenta deuant luy.

Les fiers Roussins qui fougous par la plaine
Hors d'haleine
Se tourmentoient çà & là pennadants,
S'arresterent tout court recognoissant Cyprine,
Et toutefois maschant entre les dents

L'oliue diamantine
De l'escumeux & magnifique frein,
A l'instant sur le chanfrain
Poserent accoisez les huppes herissées,
De leurs crinieres tressées.

Elle lors se tournant d'vn visage pleureux
Vers son cruel & farouche amoureux,
La langue à l'accoustumée
Parsemée
Et les levres du miel suaue & doucereux,
Que Pithon sa bien-aymée
Accortement fait couler
Parmy les doux appas de son diuin parler,
En presence & sous l'escorte
D'Amour son fils luy parla de la sorte.

„ Donques, rogue Tyran des combats, desormais
„ Ne cesseras tu iamais
„ D'exercer en ces lieux, ministre des Furies,
„ Sur mes Enfans & plus chers fauoris,
„ Peuples des Dieux & des hommes cheris,
„ Tes cruautez & furies?

„Eſt-cela donc comme tu ſalaries
„Les nobles faicts & trauaux genereux
„De celuy, qui valeureux
„Imitateur autrefois de tes geſtes,
„Iouït ores bien-heureux
„La haut des honneurs celeſtes,
„Et dans ton globe à ſon tour reſidant
„Va parmy nous ta Planete guidant?

„Ie dy de ce grand Prince & de nom & de marque,
„Qui en cent mille & mille exploicts guerriers
„S'eſtant acquis, inuincible Monarque,
„Cent & cent mille lauriers,
„Enfin cedant à la Parque,
„Partiſane icy bas des aſtres inhumains,
„Et reſignant tout-a faict dans les mains
„Parricides & felonnes
„De la Deſloyauté ſes palmes & couronnes,
„Chetif deſſous le trenchant
„D'vn fer impie & meſchant.

„ Laiſſa la vie, & laiſſa tout enſemble,
„ Gage cher & precieux
„ Dedans ces terreſtres lieux,
„ Vn petit Mars, qui naïf luy reſſemble;
„ Vn petit Mars, nouuel Aſtre viuant,
„ Qui promet en ſon leuant
„ Par la vertu d'vne vigueur feconde
„ Eſclorre doreſnauant
„ De nouueaux fruicts de gloire dans le
monde?

„ Et tu luy vas reſiſtant?
„ Toy dis-ie, qui deurois l'aſſiſter de tes forces
„ Plus qu'aucun d'entre nous, deſpit & mal-
content
„ Tu t'efforces,
„ Et taſches en effect contre luy combatant
„ De trauerſer, jaloux, les deſtinées
„ Qui bien-heurent le cours de ſes jeunes an-
nées?

„ Et ny le luſtre eſclatant
„ D'vn ſi antique lignage,
„ Ny l'immuable arreſté

„ Dedans le ciel minuté
„ D'vn ſi celebre nopçage ,
„ Ny les angoiſſeux accents,
„ Et doleances ameres
„ De tant & tant de peuples languiſſants,
„ Ny le reſpect meſme de mes prieres,
„ N'ont en ſomme le pouuoir
„ Ores de t'en deſmouuoir ?

„ Eſt-ce donc là comme quoy tu fais compte
„ De mes faueurs , ingrat, & des ſerments
„ Que tu m'as faicts, inutils iurements,
„ Dans les iardins de Paſe , & d'Amathonte?
„ Sont cela les payements
„ Des outrages infamants,
„ Et de la publique honte
„ Qu'indignement tu me vis receuoir ,
„ Infidelle , pour t'auoir
„ Abandonné ma perſonne,
„ Lors que iadis , ſouuenir odieux ,
„ Surpriſe auecques toy dans les rets de Lemnonne
„ Ie fus le ris & la fable des Dieux ?

„ Ah ! ce n'eſt pas de la ſorte
„ Cependant que mon eſpoux,
„ Quoy que faſcheux a-bon-droit & jaloux,
„ (Tant mauſſade ſoit-il) enuers moy ſe
comporte,
„ Ains prompt & officieux
„ Au moindre cil que ie face des yeux,
„ Au moindre mot que ie die,
„ Il obeït neantmoins,
„ Tel qu'il eſt, & s'eſtudie,
„ Seruiable, à tout le moins
„ D'executer ce que ie luy commande:
„ Et s'il auient que ie luy recommande
„ Quelquefois de trauailler
„ A ſa forge, & de veiller
„ Toute nuict ſur la beſoigne,
„ Il le repute à gloire, & me teſmoigne
„ Qu'en cela
„ Ie luy fais á peu dire vne faueur extreme,
„ Iuſques là,
„ S'il eſt beſoin, qu'il ſe portera meſme
„ A te forger vne armeure, partant
„ Que ie l'en prie. Et toy, que tant & tant

„I'ay tasché d'obliger, cruel, tu ne fais ore
„Aucun estat ny de moy qui t'implore,
„Ny de ce mien Enfant, autrefois ton vainqueur,
„Ny des iustes motifs du zele qui nous porte,
„Et le rochier animé de ton cœur
„S'endurcit de telle sorte
„Aux souspirs & accents de mon plaintif esmoy,
„Que pour moy
„Plustost des Alpes sauuages
„I'espererois pouuoir les rouures assouplir,
„Où les caillous amollir
„Des Numidiques riuages.

„Las! quelles solennitez,
„Quels guerriers carrouzels, sinistres pronostiques,
„Et quelles pompes tragiques
„Sont celles, dont ores de tous costez
„Tu t'apprestes
„A celebrer les bobances & festes
„Du mariage royal?

,, Faut-il donques, desloyal,
,, Que l'alme sang, à vray dire,
,, De tant & tant de naurez
,, Soit la pourpre, qui doit esclater & reluire
,, Dans les parterres ouurez
,, Et tapis Persiens des chambres nuptiales?

,, Quoy! les flambeaux & torches Geniales,
,, Qui doiuent esclairer la pompe du conuoy,
,, Seront, à ce que ie voy,
,, Incendies & feux de plaines embrazées,
,, De bourgs pillez, & de villes razées?

,, Les carquans orientaux,
,, Guirlandes, brasselets, bagues, chaines, doreures,
,, Et autres riches pareures,
,, Presents nopciers & dotaux,
,, Seront cordes, liens, manottes & fronteaux,
,, Ceps, cadenes, & entraues,

„Qui de gros nœus de fer aſpres & dou-
loureux
„Entourneront les membres mal-heureux
„De tant de pauures eſclaues?

„Au lieu d'Hymen, qui engendre et
produit,
„La Mort triomfera, qui maſſacre et
deſtruit?

„On verra le noir Poiſle, image des te-
nebres,
„S'eſtaller en public au lieu du rouge Dais?
„Les Epithalames gays
„Seront changez en Oraiſons funebres?
„Les beaux licts de parade en horribles
cercueüils,
„Les danſes et ballets en conuoys et en
deüils?
„Bref toutes les bonnes cheres,
„Les jeux, les chants, & les ris
„Des feſtins & banquets ſe tourneront en
cris,
„En pleurs, & larmes ameres?

„ *Ah non , de grace. Permets*
„ *Que mon cher Fils deſormais*
„ *Aille ſerrant d'amiables eſtraintes*
„ *De branches d'oliuier pacifiques & ſaintes*
„ *Ces cœurs mutins & felons.*

„ *Permets , grand Roy des Scythes & Gelons ,*
„ *Que ie puiſſe*
„ *Planter mes Myrthes aupres*
„ *Des Cyprés ,*
„ *Et que ma Roſe fleuriſſe*
„ *Parmy les Lis , car helas tout ainſi*
„ *Que l'on a veu celle-là par merueille*
„ *Iadis ſe faire vermeille*
„ *De mon ſang , de meſme auſſi*
„ *Voit on maintenant Bellonne*
„ *Plonger & teindre ceux-cy*
„ *Dans le ſang de leur Patronne.*

„ *Remets dans le fourreau ce Coutelas tranchant,*
„ *Qui en va tant eſpanchant,*

„Despoüille cette Cuirasse ;
„Dont l'espaisse & lourde masse
„Te va d'horreur tout le corps affublant ;
„Quitte moy là cette Targe,
„Solide & pesante charge,
„Sous qui recreu le bras te va tremblant,
„Deslace moy cet Armet, dont la creste
„Horriblement te serpente la teste,
„Et d'vn affable & gracieux semblant
„Par cy par là te faisant faire place
„Dans la foule des combats,
„Commande & crie, de grace,
„Qu'on mette les armes bas.

„Vienne la belle Infante de Castille,
„La Ninfe belle & gentille,
„Transplanter
„En ces Gauloises campaignes
„La gloire de l'Austriche & l'honneur des Espaignes.

„Qu'à son auenement on voye Iupiter
„Loin de la France escarter
„Le vague tourbillon de ce guerrier orage,

„ Qui çà & là ses Prouinces rauage,
„ Et trouble de son ciel serain & gracieux
„ Le calme delicieux.

„ Que les Batailles rangées,
„ En Triomfes soyent changées;
„ Que les Assauts plus aspres & sanglants,
„ Soyent ceux qu'Hymenée liure
„ Dedans le lict entre deux linceux blancs.

„ Que le Bronze tonnant, que le foudroyant Cuiure
„ Des Bombardes, Canons, Sacres, & Fauconneaux
„ Refondu dans les fourneaux
„ Change de forme, & d'vn doux alliage
„ L'vn à l'autre cimenté
„ Soit pour vn meilleur vsage
„ En diuers moules jetté,
„ Affin d'en faire & en creux & en bosse
„ Mainte Statuë & Colosse,
„ Pour seruir cy-apres de marque & d'ornements
„ Aux ouurages magnifiques

„Et ſuperbes monuments
„Des Ponts & Places publiques.

„Et s'il faut en effect rendre quelques combats,
„Parmy les jeux, les ris, & les eſbats,
„Qu'on ſe ſerue ſans plus des armes naturelles,
„Armes, qui font plantureuſes florir
„Le genre humain, non de celles
„Qui barbares & cruelles
„Meſchamment le font mourir.

Plus auant ne peût entendre
Mars la priere affectueuſe & tendre
De ſa dolente moitié:
Les doux accents de ſa plainte
Percants d'vne viue attainte
Son rogue cœur l'eſmeurent à pitié;
Et l'alme eſchaufaiſon de l'amoureuſe flame
Venant à temperer le glaçon de ſon ame,
Puiſſante en bannit ſoudain
L'orgueüil, l'ire, & le deſdain;
Si bien que tout à fait reblandy par les charmes,

Et delicieux attraicts
De ce bel œil, qui dans l'eau de ses larmes
Alloit affinant les traicts,
Que le petit Dieu volage
Luy lançoit,
Il rasserena l'orage,
Qui nubileux & sombre paroissoit
Dedans l'air de son visage,
Et d'vn aspre sous-ris ses levres parsemant
Se laissa d'ayse & de rauissement
Insensible des mains tomber sa jaueline,
Et à l'instant pour receuoir Cyprine
Courtois & humble saillit
A bas du char, & ainsi l'accueillit.

„ O de mes durs trauaux & penibles fatigues
„ Cher & alme soulas, vnique reconfort
„ Et plus doux entretien de mon ame au plus fort
„ De ses belliqueux soins & guerrieres intrigues,
„ Reine de mes pensers, delices de mes vœux,

„ Seule des immortels , & des hommes , qui peus
„ Pendant l'aspre fureur des plus chaudes alarmes
„ Impunément paroistre au deuant de mes armes ,
„ Et sans courre le sort des hazards & dangiers
„ Arrestant mes cheuaux vigoureux & legiers
„ Au milieu des combats , comme par violence
„ M'arracher de la main la zagaye & la lance.
„ Non non , ne pense pas que ie veuille empescher
„ La gloire & le progres du Lignage celeste
„ De nostre GRAND HENRY, Lignage qui m'est cher
„ Autant ou plus qu'à toy. Non non , ie te proteste ,
„ Ce n'est point mon dessein d'aller oncq sousleuant
„ Mes armes contre luy. Iupin long-temps deuant

„D'vne plume d'airain auoit irretractable
„Escrit en son iournal la suite ineuitable
„De tous ces accidents, & le rouët des Cieux
„Destordant à l'entour de ses fermes essieux
„Suiuant l'ordre eternel le fil des Destinées
„Là haut les deuidoit auecques les années.
„Et tu sçais bien, mon cœur, qu'aux loix du Haut-tonnant
„Qui va comme il luy plaist les Astres gouuernant
„Aucun ne peut de nous se rendre refractaire.
„Mais ce n'est en effect, ce n'est point sans mystere
„Qu'à cet Enfant royal le Ciel fatalement
„Et pour son plus grand bien & gloire seulement
„Voulut par tant & tant de bourrasques diuerses
„Prouide susciter tant & tant de trauerses;
„Affin que de bonne heure aux trauaux endurcy,
„Par vn chemin penible & hazardeux, ainsi

„Qu'vn Alcide , comblé d'honneur & de
victoire,
„Il ſe peuſt faire voye au ſommet de la
Gloire.
„Or maintenant que i'ay de ma part ſatis-
faict
„Suiuant la loy du Sort à tout ce qu'en ef-
fect
„M'en auoit limité le celeſte Monarque,
„Et que de point en point au deſir de la
Parque
„I'ay çà bas accomply ſes decrets, Me voylà,
„Belle, me voylà preſt à te faire en cela
„Paroiſtre clairement que l'appas de tes
charmes
„A bien autant ou plus d'aſcendant ſur mes
armes
„(Si en ſomme tu veux ores t'en preualoir)
„Que l'expres mandement & ſupreme vou-
loir
„De mon pere Iupin. Pren, Belle, pren les
guides
„Toy-meſme de mon Char, ſerre & laſche
les brides

„ *A mes genets selon que tu verras besoin,*
„ *Meshuy ie t'en remets la conduite & le soin;*
„ *Dispose de mes gents, commande, roigne, taille,*
„ *Et me guide la part ou tu voudras que i'aille.*

„ *Bien te promets-ie au reste, & te fais vn serment*
„ *Par ces douces ardeurs qui me vont consommant,*
„ *Et qui font qu'à bon droict la haut ie m'auantage*
„ *Sur tous les immortels, que quand le temps viendra*
„ *Que ce ieune Heros, magnanime, voudra*
„ *Sur la fleur de ses ans employer son courage*
„ *A combattre, dompteur de monstres & Geants,*
„ L'*Hydre de l'heresie, & fleau des mescreants*
„ *Sous l'auspice des* L*ys chasser à main armée*

„Le barbare Tyran qui retient l'Idumée,
„Propice ie ſeray touſiours à ſes coſtez,
„Et preſt d'executer toutes ſes volontez
„Tu me verras alors au milieu des alarmes
„Dans le fort du peril accompaigner ſes armes,
„Animer ſes ſoldats, & d'vn ſucces heureux
„Cà & là ſeconder ſes deſſeins genereux.

A tant ſe teût le Dieu Mars, & la Belle
D'vn compliment gracieux
Remerciant ſon Amoureux fidelle,
Monta quand-&-quand luy dans le Char ſpacieux;
Les Courſiers, ambicieux
De paroiſtre à l'enuy deuant ce diuin couple,
S'enleuerent dans les cieux,
Et d'vne carriere ſouple
Faiſant bruſquement rouler
Parmy l'air
Le train d'acier, en peu d'heure
Et apres mille & mille embraſſements

Rendirent les deux Amants
Dedans Paris : Paris, l'alme demeure
De ses grands Roys, siege de l'Vniuers,
Ou pour solenniser du royal Hymenée
La bien-heureuse iournée
On preparoit mille tournois diuers
Et mille magnificences,
Publiques resiouïssances,
Dont la piaffe & somptuosité
Effaçoit à iamais, parangon de delice,
Le prix & la rareté
De tout ce que iadis le luxe & l'artifice
Fit voir à l'Antiquité.

Et iamais dedans la Grece
Ne furent publiez auec tant d'allegresse
Les Ieus-de-prix & Combats solennels,
Qui par le soin & pieté d'Alcide
En Elide
Se rendirent eternels.

Ny sur le haut du Capitole en somme
Iamais le peuple de Romme
D'aucun de ses Colonnels

Auecques tant d'apparat & de feste
Apres l'heureuse conqueste
De quelque Estat & Pays d'alentour
Ne celebra le triomfant retour.

Icy le Genet d'Espagne,
Le Barbe de Tunis, le Roussin d'Allemagne,
Et le Coursier de Naples hannissant
Fougous le long des barrieres,
Vont mille & mille carrieres
Par la lice fournissant,
Et cordonnez les crinieres
De rubans d'or & de soye, bardez
Les flancs & le poitral de lames argentées,
Harnaschez & couuerts de selles clinquantées
Et caparassons brodez
Des pierreries plus rares
Qu'on ait des Mers & Prouinces Barbares,
Armez le front de chanfrains
D'or & d'esmail, rongent moite d'escumes
La chainette de leurs freins,
Et secoüant en teste vne forest de plumes,

Qui çà & là par ondes voltigeant
Orgueilleuſe leur va le toupet ombrageant,
Rogues au ſon des trompettes
Vont maniant à voltes & courbettes.

Là ſur le haut d'vn Theatre doré
Sous le lambris azuré
D'vne ſuperbe & ſpacieuſe ſale
L'Acteur naïf & plaiſant
D'vn maſque peint le front ſe deſguiſant,
Et trauesty le corps, aux yeux du peuple eſtalle
Où quelque Comedie, où quelque Paſtoralle,
Et animant d'vn geſte gracieux
Son ſtyle facecieux,
D'aiſe & de ioye comblée
A tous moments fait rire l'aſſemblée.

Là mille experts ioüeurs de mille Luts charmants
De Harpes, Violons, & autres inſtruments,
Qui de l'archet, qui du pouce,
Touchant, pinçant, les cordes, & tendons,
Font vne muſique douce

De

De tremblements & fredons.
Ou bien auec des Musettes, & Flûtes,
Fifres, Cornets, Serpentes, Saquebutes,
Loures, Clairons, Cheurettes, & Haubois,
Enflant, soufflant, en cent & cent methodes,
Par vn legier demeinement de doys,
Vont formant à diuers modes
Vn gros de sons & de voix,
Qui se choquants dans la nuë,
Et l'vn à l'autre ensemble s'vnissants
Par l'heureuse rencontre & suitte continuë
De mille nombreux accents,
Flattent l'oreille, & chatoüillent les sens.

Là le Basteleur habile
D'vn pied legier, d'vne souplesse agile
Sur l'eschaffaut se lance merueilleux
Et fait en l'air mille sauts perilleux.
Où bien imitateur de la force d'Hercule
Il entasse & accumule
De plusieurs corps, qui dessous, qui dessus,
Artistement enchainez & tissus
En forme de Colosse vne haute machine,

Et la portant ores ſur ſon eſchine,
Or ſur ſon eſtomach, remplit diuerſement
La Place d'eſtonnement.

Vn autre, ainſi qu'vne Araigne penduë
A ſon filet, ſe hazarde d'aller,
Admirable, parmy l'air,
Sur vne corde tenduë
A la pointe de deux Tours,
Où il fait les meſmes tours
Qu'vn Baladin à la danſe,
Et y capriolant au ſon des violons,
Ore en auant, ores à reculons
Il va & vient en cadence,
Or s'appliquant vne boule aux talons,
Et tenant en la main vne lame acerée,
D'vne deſmarche aſſeurée
Il va le long du cable gambadant,
Et fait horreur à ceux qui le vont regardant.
Puis tout d'vn coup, comme l'oiſeau qui vole
Dedans la plaine d'Eole,
Du haut en bas il fond à corps perdu,
Feignant, adroit, de choir à la renuerſe,

Et par le bout des arteils suspendu
A la corde qui trauerse,
Auec mille & mille efforts
Violentant ses nerfs souples & forts,
En mainte forme diuerse
Il se balance & contourne le corps.

Là se voyent encor dans les Places publiques
Pour les Spectacles antiques
Des Parcs, & Cirques dressez,
Aussi beaux & magnifiques,
Que ceux des Siecles passez,
Où de toutes parts se trouuent
Des Champions, & Guerriers, qui s'esprouuent
Sous la faueur du casque & du harnois
L'vn contre l'autre aux Iouftes & Tournois.

Ou bien le long d'vne carriere droite,
Où à vn posteau de bois
Haut esleuée au bout pend vne bague estroite,
Chacun au Prix à l'enuy pretendants,

La lance au poing poussent à toute bride,
Et disputent au Sort, qui aueugle en decide,
A qui d'entre eux aura plus de dedans.

Là le Bouuier de la plaine
Pour le deduit du combat y ameine
Le fier Taureau, qui de son front luné
(Vraye image du Pau, quand il est mutiné)
Fronçant la care cornue,
Morgue le Ciel, & despite la Nue,
De l'airain de ses tallons
Escroulle & sappe la Terre,
Du rauque & bruyant tonnerre
De son meugler assourdit les Vallons,
Et au combat d'vne ialouse guerre
Desfie les Aquilons.

Là le Veneur plein d'adresse
Ayant de-longue-main par art & par finesse
D'engins, de pieges, de rets,
De toiles, & de cordages

C'à & là despeuplé les antres & forests
Des animaux & bestes plus sauuages,
(Plaisir naïf & charmant)
Les fait en forme de chasse
Paroistre diuersement
Aux yeux de la Populace.

Tout ce que l'alme limon
Du fameux Nil de prodiges fomente,
Tout ce qu'és champs du vague Nazamon,
Et deserts du Garamante
L'Afrique va de monstres animant,
Tout ce qui va diffamant
Les eaux de Lerne, où les bois d'Erimante,
Tout ce qui brosse & court par les buissons
Des verdoyants Pyrenées,
Tout ce qui vit parmy les froids glaçons,
Et les neigeux frimas des Alpes cantonnées,
Tout ce que voit receler
Dedans ses forts la noire Hercynie,
Tout ce qu'oit braire & hurler
En ses rocs la Lucanie,

Se trouue là. Le Sanglier animé,
Iadis effroy du Bocage ,
Ores dedans l'enceinte renfermé
Bondit & bouffe de rage,
Et les deffenses armé
D'vn dur acier, la hure herissée
D'vne soye rebroussée,
Les prunelles allumé
De flames estincelantes,
Et le boutoir teint d'escumes sanglantes,
Et les bajouës semé
D'vne orde & glaireuse baue,
Qui çà & là les maschoires luy laue,
Apres s'estre à la bauge vn long-temps escrimé,
En fin tout au trauers du vautray qui l'abboye
Impetueux se fait voye,
Et plus soudain, qu'vn trait partant de l'arc,
Dedans le milieu du Parc
Se lançant à l'impourueuë,
D'vn tel eslan de fougue va dardant,
Affreux, l'esclair de la veuë,

Et le foudre de la dent,
Que Venus le regardant,
Se ramentoit l'accident miserable,
Qui iadis en cas semblable
Dedans l'Idale aux yeux de Cupidon
Luy rauit à la mal-heure
Son Adon,
Et de regret ne peut qu'elle n'en pleure.

L'Ours furieux, viue masse de chair,
Veuf de son alme rocher,
D'vne largeur incroyable
De son palais effroyable
Ouurant le gouffre denté,
Et brayant à gueule bée
Se leue en pieds, agité
D'vne colere enflambée,
Et parmy l'air d'efforts vagues & vains
Iettant les bras & les mains,
Et d'vne horrible grimace
Se refroignant le front plein de menace,
Et d'vn sourcil oblique en haut roüant les yeux,

Semble lorgner vne place
Dedans les cieux, tellement
Qu'Helice d'estonnement
Et de merueille rauie
Iusques là haut en conçoit de l'enuie;
Et d'vn stupide esmoy, froide, s'esbahissant
De la grandeur enorme, & du port menaçant
(Espouuentail inutile)
D'vn corriual si puissant,
Dedans le Pole en paroist immobile.

Le Leopard vigoureux & agile
Dessus l'areine à passades rodant,
Plein de ruse & de malice,
Va çà & là pennadant
Par le vuide de la lice:
Monstre bigearre & madré,
De larrecin & de fraude engendré
Dans le desert, lors que par le meslange
D'vn accouplement estrange
L'Adultere mouscheté,
De l'aiguillon d'amour sollicité,
Au plus profond de quelque antre

Va ſoüillant
Le noble & genereux ventre
De la Lionne, & chaude la ſaillant
En la ſaiſon, que l'appetit boüillant
Du vague rut brutalement aſſemble
Les feres çà & là du Libyque zenit
Et par le broüillement des ſemences vnit
De deux genres diuers les natures enſem-
ble,
L'emplit d'vn fan marqueté,
Qui à ſa Mere en ſa rogue fierté,
Et à ſon Pere en ſes taches reſſemble.

Parmy tant d'animaux le Lion courageux,
Se promeine auantageus,
Et ſecoüant de ſa crineuſe nuque
L'eſpaiſſe & blonde perruque,
Et aguiſant les razoirs acerez
De ſa harpe rauiſſante,
Et ſe battant les flancs deſmeſurez
Auec ſa queuë puiſſante,
Deçà delà d'vn courage peruers
Tourne les yeux de trauers,
Et plein la veuë & la taille

De majesté, non moins que de terreur,
Va mesurant, franc de trouble & d'horreur,
D'vn graue pas le champ de la bataille.

D'autre costé se voyent au milieu
Des carrefours (miraculeux chef-d'œuures
De mille Ingenieurs, Artizans, & Manœuures)
Comme nées sur le lieu
Des Fontaines d'artifice,
Qui en tuf & en metal
Representent au vif le desastre fatal
D'Andromede, de Narcisse,
Des Belides, de Tantal,
De Leandre, d'Hylas, d'Amymone, d'Europe,
De Caliston, de Syringue, d'Acis,
D'Acteon, de Salmacis,
De Scylle, & de Parthenope.
Et cent autres encor d'aussi riche dessein,
Et de non moins admirable fabrique,
Où là Venus de son sein,
Là Cupidon de sa courte lubrique,

Icy Progné de son bec,
Et là de son creux rebec
Arion le diuin cheuauchant à fleur d'onde
L'agile dos d'vn Daufin recourbé,
Là Pyramus, & Thisbé,
Martirs d'Amour, de leur playe profon-
de,
Icy Pithon de sa bouche faconde,
Là Dirce, la Niobé,
Viuants rochers, de leur paupiere blonde,
Par-cy par-là d'vne source feconde
Versent qui d'vne, & qui d'autre façon,
De fines eaux de senteurs à la ronde.

Et d'autres y en a pleines d'vne boisson
Froide tousiours à l'égal d'vn glaçon,
Et söuefue, & delicate,
Pour estancher la soif des alterez,
Où de grands vases dorez
En des bassins de Porfire & d'Agate,
Humectant sans cesse l'air
D'vne liqueur vermeille & cramoysie,
Font par canaux çà & là ruisseler
Des torrents de Maluoysie,

Et d'infinis autres vins de renom,
Qui vont s'appropriant selon la fantaisie
Des differents terroirs & la séue, & le nom,
De Corse, d'Andalouzie,
De Rhin, d'Arbois, de Graue, de Tournon,
D'Anjou, d'Irancy, d'Auxerre,
D'Andrezy, de Ruel, de Coussy, de Nanterre,
De Torsan, de Madon, d'Aï, de Frontignac,
De Beaune, d'Orleans, de Blois, & de Coignac.

Mais ce qui plus de merueilles engendre,
Ce sont les Feux publics, que l'on voit à foison
Ardre de tous costez, lors que sur l'Horizon
La Nuict commence d'estendre
Son manteau noir. Icy la Salemandre,
Et là le Dragon affreux,

Les inteſtins farcis de bitume camfreux,
Et la gorge de nafthe & d'eſtoupes feu-trée,
Sanglottent à hoquets d'vne haleine ni-trée
Mille nuages ſouffreux,
Dont la vapeur azurée & bleüaſtre
Sert de ioüet à Core le folaſtre;
Et d'vn goſier petilleux & ardant
Sifflants ainſi que Lezards & Viperes,
Qu'vn fier Eſcoufle rodant
Enleue de leurs repaires,
Des langues çà & là de flames vont dar-dant.

Là priſes ſur le modelle
De quelque forte & ample Citadelle
Se voyent ſur des poſteaux,
Et legers appentis de planches & trauées,
A maint eſtage en peu d'heure eſleuées
Des Machines & Chaſteaux,
Dont les creneaux d'oſier, & murailles de claye
Peintes par le dehors de menuzaille gaye,

Et pleines par le dedans
De boiſtes, de petards, de cercles, de co-
metes,
De grenades, de pots, de lances, de ſa-
gettes,
Et de mille diuers meteores ardants,
Semblent vrayement aux hommes
Des Montgibels, des Hecles, & des Sommes.

Tout à l'entour des Hoſtels & Palais
Sur les ſaillies & porches
Ardent à guiſe de torches
Mille tremblants & rayonneux Follets,
Qui d'vne flame innocente
Lechent le toict, ſans faire à la charpente
Aucun dommage, & vont à la paroy
Sinceres gardant la foy.

Et ſur les Tours parmy les banderoles,
Que le vent fait à ſon gré voleter,
Se voyent piroüetter
Des moulinets, roües, & girandoles,
Qui par reſſorts d'engins & de viroles
Ça & là d'vn rapide & leger mouuement

Deuident incessamment
Des pelotons de feu. Mille Fusées
A serpenteaux, à estoiles, à pets,
Comme traicts d'arc voltigent embrazées
De toutes parts; & l'Air d'astres espais,
De flameches continues,
Et de rais d'or à l'enuy parsemant,
S'en vont au dessus des Nues
Desfier le Firmament.

Artifice incomparable,
Où l'industrie admirable
De l'entendement humain
Se recognoist: le feu prend à l'amorce,
La poudre d'vne grand' force
S'embraze en vn vire-main,
Le salpestre siflant eschape de la main,
Et montant vers le Ciel à deux ou trois reprises,
Apres auoir les champs d'Eole penetré,
Et dans l'Olympe vn long-temps folastré,
A la fin redescend en chifres & deuises;

Et bien ſouuent dans le vuide s'eſpard
En arcades eſtoilées,
Si bien qu'il ſemble la part
Que les voutes du Pole à l'entour eſcroulées
S'eſboulent en pluye d'or,
Où que Faëton encor
Par quelque nouuelle cheute
Du haut de l'Ethre en terre cullebuté.

Là Vulcain parmy les eaux
Impunément ſe promeine,
Et le grand Dieu de la Seine
Enguirlandé de ioncs, & de roſeaux,
Se plaiſt de voir au milieu de ſes ondes
Le Feu-gregeois follement ſe joüer,
Et petillant ſous la vague roüer
Ses flames iaunes & blondes,
Dont les Nimfes & Nauondes
Cà & là s'eſbahiſſant,
Peureuſes vont ſe muſſant
Dedans l'obſcur de leurs grottes profondes.
Puis ſur les flots reſſourdant
Et du fonds du canal à fleur d'eau ſe guindant

L'ardent

L'ardent balon, gros de canfre & de poudre,
Accouche tout à coup d'vn esclair & d'vn foudre.

Parmy tant de feux, & tant,
Qui dans les eaux & dans l'air bluettant,
Tiennent aux enuirons la nuict enseuelie
Dans la lumiere, Amour en vn instant
Du sommet de l'Idalie
Par les airs se transportant,
S'y enuole à tire d'aile,
Et de pied coy s'arrestant
Sur la plus haute tourelle
Des pauillons du Louure, hebergement des Rois,
Secoüa son flambeau celeste par trois fois:
Si bien qu'alors la Nimfe, qui naguere
A son ayeule Cithere
En haste auoit eu recours,
Et pensiue, & desolée,
Pour en tirer au besoin le secours,
De là s'en estoit allée
Iusques au ciel où elle fait son cours,

Recognoissant le signe opportun & propice
Du bien-heureux & fauorable auspice,
Se sentit l'ame incontinent saisir
D'allegement, de ioye, & de plaisir,
Et ressuyant l'humeur chaudement distilée
Par l'alambic de ses yeux,
Et a face desuoilée
Calmant l'air de son front chagrin & soucieux,
Esperdüe, & affolée
D'allegresse, à iamais demeura consolée.

FIN.

Extraict du Priuilege du Roy.

PAR grace & Priuilege du Roy, il est permis à IEAN PETIT-PAS, Marchand Libraire & Imprimeur en l'Vniuersité de Paris, d'Imprimer ou faire Imprimer, par tel Imprimeur que bon luy semblera vn liure intitulé *La France consollée, Epithalame sur nostre heureux Mariage.* Et sont faictes deffences à tous Imprimeurs & Libraires de ce Royaume, & à toutes personnes de quelque estat & condition qu'ils soyent d'en Imprimer ou faire Imprimer vendre ny distribuer lesdits liures, si ce n'est du vouloir & consentement dudit Petit-Pas, pendant le temps & espace de six ans finis & accomplis, à peine de confiscation desdits liures qui se trouueront d'autre impression que dudit Libraire cy dessus nommé, & d'amande arbitraire, comme plus amplement est declaré au Priuilege. Donné à Paris le dernier iour de May 1625.

Par le Conseil.

Signé, PAVLMIER.

Fautes de l'impression.

En l'epistre a Mᵉ de Nemours p. 3. l'enterinems. lisez le contentems.

en l'epistre aussi de Malerbe p. 16. l. 20. rhabiller lisez regratter

en l'argument. p. 2. l. 1. requeste. lisez priere.

p. 30. v. 17. bransle. lisez mouuement.

www.ingramcontent.com/pod-product-compliance
Ingram Content Group UK Ltd.
Pitfield, Milton Keynes, MK11 3LW, UK
UKHW022030170726
13837UKWH00002B/509

9 782019 988586